海外小説 永遠の本棚

カフカの父親

トンマーゾ・ランドルフィ

米川良夫 他＝訳

白水uブックス

IL BABBO DI KAFKA
E ALTRI RACCONTI
by
Tommaso Landolfi

カフカの父親＊目次

カフカの父親

マリーア・ジュゼッパ

故郷で山の手の方と呼んでいるところへ散歩に出掛けるとき、墓地の鉄格子のあたりまでやってくると、いつもマリーア・ジュゼッパのことを思い出します。たぶん、十二年前、マリーア・ジュゼッパはわたしのために死んだのです。ええ、皆さんのなかにわたしを知っている方がいらしたら、笑わずにはおれないでしょう。「ジャーコモのために死んだ女だって？　いったい何のことだい？」と、わたしの大きな唐辛子のような鼻と、世間で言うところの阿呆面を思い浮かべられたはずです。実際のところ、わたしは阿呆に違いありません。なぜかと申しますと、わたしは自分のことを阿呆だとは思ってみたこともないのでして、もしそう思っていたなら少しはまともになれたろうに、という言葉をよく聞いているからです。ともかく、こんなことをごちゃごちゃ言っても、もう仕方ありません。

　皆さん、わたしはこれからどうしてマリーア・ジュゼッパがわたしのために死んだのか話したいのです。つまるところ、誰かに聞いてもらって心を軽くしたいのです。彼女がわたしの家の〈暗い部屋〉、あの窓のない女中部屋に引きこもり、蠟燭の明りのなかで悶々《もんもん》としている様子を想像すると、わたしは何か後悔の思いに苛《さいな》まれるのです。あの頃はたくさんの人がいました。妹たちや叔母たちや誰だったかもっと他にも。しかしいったい、どうしてわたしは良心の呵責に悩まねばならないのでしょう。ひとりの女性に心を奪われたからと言って、どんな罪があるのでしょう……皆さんの判断におまかせします。

　マリーア・ジュゼッパは、わたしの夏の家、もう誰も住んでいないあの大きな家に置いていた女でした。残りの季節を彼女は一人でそこに暮らしていたのです。菜園を耕して野菜を売り、わたしが戻ったときには必ず、いくらかの貯えがありました。もちろんたいした額ではありません。けれど一年分の食料をそれで賄《まかな》い、あとは安月給があれば十分でした。親類のものは皆口をそろえて、マリーア・ジュゼッパは馬鹿な女で、頭は空っぽだと言っていましたが、ほんとうにそうなのかどうか、わたしにはわかりません。ともかく、マリーア・ジュゼッパは何でも自分の好きなようにしたがり、決して従おうとはしなかったので、わたしはいつも腹を立てていました。

　わたしはその家のなかで一人きりでいたかったのですが、どうしてそう思っていたのか、何をしに、何をするつもりでそこにいたのか、実際、自分でもわかったためしがありません。日暮れ時になると、親類の誰かれのところへ出掛けましたが、ただそれだけで、夏のながい昼下がりをいつも一人でいました。つまり、ひとりではなく、マリーア・ジュゼッパと一緒に。

わたしは少ししか眠りません。朝早く起きると、パジャマのまま中庭に出て風にあたったり、下の菜園にいる猫に石を投げたりしながら、マリーア・ジュゼッパが教会から戻るのを待ったものでした。彼女はとても早くから起き出して、町の大教会の最初のミサに行くのです。家の門がおそるおそる開くと、ちょっと傷ついたような顔の臆病な眼差しがこちらを向きます。わたしが朝一番にコーヒーを飲むのを知っているからです。わたしはといえば、彼女の挨拶を横目に、猫に石を投げつづけ、今度は犬をけしかけます。犬はもう慣れたもので、小さな黒い玉が飛んで行くのを追いかけてゆくと、仰天した猫に行き当たるのがわかっています。何度も経験したことですが、犬はほんとうに飼い主とそっくりな性格をもつものです。何を考えずとも犬の魂などは簡単に形作ることができるでしょう。だからわたしの犬は、頭のいい飼い主の犬どもの、あのどこか高慢な感じは持っていません。他の犬に出会った時には、どうしても避けて通ることができなければ、じっとおとなしくして、自分の身体を向こうが嗅ぐにまかせ、おどおどと間の抜けた眼差しをさまよわせているのです。わたしが鏡のなかで知るかぎり、そんな愚かな眼差しは自分と同じものでした。けれども、主人が威張っていられる場所では、つまり家のなか、マリーア・ジュゼッパや猫どもが相手の時には、わたしの犬もまたライオンのように堂々としていました。

機嫌が悪い時などはこの女に、馬鹿げて下品な言葉を山のように浴びせかけることもありました。そのなかにはきまってアラビア語が混じっていたものです（わたしは若い頃アラビア語に凝っていました。けれども十年ほど勉強した後、すっかり投げ出してしまい、今ではアラビア語のこれっぽっちも覚えていません）。マリーア・ジュゼッパはできる限りこんな言葉や、めったにはありませんが、平手打ちを避けようとしていました。ときにはあっさりと彼女を放してやり、コーヒーを沸かすために、前夜埋めておいた燃え木を灰のなかから引き出そうと、中庭を急いで歩いてゆくのを見ていました。でも実際なんて醜い女だったでしょう！　こんなふうにきちんとして、油を塗った髪の束をスカーフの下からのぞかせている姿を見れば、ありきたりの百姓娘と変わりませんが、わたしは知っていました。一度ならず彼女の部屋に前置きもなく入り込んで、まだ服も上掛も着けていないところを見ているからです。ずんどうで胸もなく田舎者の大根脚、まるで魚の骨のような姿でした。それから何度も、ふざけて彼女の頭からスカーフをはぎとったりしましたが、指幅四本分もない狭い額に、てかてか油を塗った二本の髪束を巻いたあの小さな小さな頭には、ほとんど憐れをおぼえるくらいでした。マリーア・ジュゼッパは、ごつごつした手、大きな足をして、いつもびっくりするような音をたてて歩きました。要するに彼女は、わたしが田舎から掘り出した女でした。初めて家に来た日には卵の割り方さえ知らず、昼食を抜くわけにはいかなかったので、オムレツの作り方を教えてやったものです。彼女が言うには、自分は外で畑仕事ばかりしていたので、一度も台所に立ったことがない、ということでした。ともかく、こんな話がいったい何の役にたつというのでしょう。どうやら脇道にそれてしまったようです……。そうです、皆さん、ほんとうにどうして、わたしは何をしにあの家にいたのか自分でもわからないと言っていたところでした。町なかにいて、どうしていけなかったのでしょう。眼を覚ますと、カフェに行きます。いつもわたしを嘲《あざけ》り笑ったり蔑《さげす》んだりする連れと一緒に。ともかく最後には皆で仲良くゲームに興じたものです。つまるところ、このちょっとした収入でもってまあまあの暮しぶりでした。でもあちらでは……。

朝は早くに、日の出の時間に起きだします。犬をからかったり苛《いじ》めたりしながら、マリーア・ジュゼッパを待ちます。今度は彼女を苛める番です。苛めるといってもたいしたことではありません。どうしてあのような悪意の無い冗談をいじめと言えるでしょうか。もっとも、たしかに彼女はとても嫌がり、ほとんど一日中泣いていました。時にはひどく悲しんで、いったい聖母マリア様はどんな罪があるからといって自分を苦しめるのか、耐えてゆくくらいならもう出て行きたいと、大声で嘆き喚いていました。わたしとしては、ほんとうに、これにはたまらない思いをしました。第一に、あんなに泣き喚くようなどんな酷い仕打ちがあるのかと人々が訝《いぶか》るでしょうし、第二に、そんなに嫌ならどうして行ってしまわないのでしょう。誰も強制したわけではありません。ともかく、彼女はあの家に愛着があると言っていましたが（事実、いつも家のためを思って仕事をしていましたし、わたしから一銭もかすめようとはしませんでした）、お分かりのようにそれは言葉にすぎません。自分のものでもない家にどうして愛着を持つことができるでしょうか。わたしなどは自分の家にさえ……。そして、皆さん、彼女は何を嘆いていたのでしょう。ところで、わたしはいつも次のような原則からはじめました。つまり昔の人の言葉にしたがえば、ロバは主人の望むところに繋がれてあるべきです。さて、たとえば、居間にある椅子を全部テーブルの上にのせろとか、布切れで作ったボールで遊ぶから一緒に来いとか、わたしが彼女に言ったとして、どうして嫌だと断ったり、他にもいろいろと仕事があるからと言い返すことができるのでしょう。わたしが彼女を呼んだなら、彼女のすべきことは明らかに、わたしが望んでいることではないでしょうか。お願いですから、言ってみてください、皆さん。雇われ女が主人の望むこと以外の何をすべきなのか。でもこれがマリーア・ジュゼッパには理解できなかったのです。もっとも最後にはいつも命令に従わせてはいました。耳の傍でなにか大声で叱ってやったり、このときとばかり用意してある瘤《こぶ》だらけのステッキを取り出して、脅しつけるだけでよかったのです。彼女を打ったことはないと思いますが、ステッキの先でつつくことはしました。いずれにせよ、マリーア・ジュゼッパには恐ろしげな杖を見せるだけで十分でした。まるで犬を叱るようなものです。サーカスで虎を見たことがありますが、調教師の命令に従ってはいるものの、虎は見世物のあいだ中ずっと唸《うな》りつづけていました。これと同じで、マリーア・ジュゼッパもわたしの言いつけに従いながら、暗く刺々しい顔で（たとえば、胸でボールを受け止めながら、あるいは雛鶏に餌をやりに行きたいのにじっと座らされているとき）、自分が犬のように扱われるのは心外だとか、わたしの冗談につきあっていられるほど暇ではないとか、ぶつぶつとこぼし続けるのでした。むっつりとしたマリーア・ジュゼッパほど、苛立たしいものはありません。まるで以前の百姓娘の魂が蘇ったかのようでした。この土地、わたしの家に暮らすようになってから何年もたちますのに、獣のように固い顔をしてきちんと返事もしないのです。そして、いつもつまらないことで泣いていました。たとえば、どこそこのだれだれに伝えたいことがあるから、いつもとは違う道を通るようにと言うだけで、もう泣き出すのでした。泣いたかと思うと話しはじめます。これが始まるともう止まりません。とりわけ悲しい気持ちの時には誰が何と言おうといつまでも話しつづけるのです。すこし甲高くて耳障りな声でした。わたしは神経質な方ですので、この嘆き声にはほんとうに苛々《いらいら》させられました。彼女に飛びかかって思い切り罵《ののし》るのですが、黙らせることはできません。当たるをかまわず、頭や胸、顔を殴りつけても、止めるどころか、ますます大きな声で話します。すすり泣きが喉にかかって一瞬高い声に変わりますが、すぐにまた元の一本調子に戻って話し、いつまでも喋り続けます。わたしは両手で頭をかかえ、逃げ出すしかありません。木の椅子の低い背に身を投げ出すように座ったまま、涙にくれている彼女を後に残して。こんなことがよくあったのです。向こうの部屋にまで彼女の声は聞こえていました。いろんな聖人に助けを請い願いながら、溺れ死んでしまいたいとか、今のような境遇にいるよりはもうどこかへ行ってしまいたいとか言っていましたが、決して出て行きませんでした。たしかに何度も、わたしの親類のだれかれに訴えに出かけましたが、いつものように夜にはまたおとなしく戻ってくるのです。ともかくあの声ときたら、皆さん！　わたしは何度その言葉をせき止めて、もっと違った風に、つまり言ってみれば別の方法に従って、話をさせようとしたかわかりません。無駄なことでした。止められても止められても、また同じ調子で話しはじめるのです。何がどうあろうと、黙ることもできなければ、行ってしまうこともできないのでした。手の下から沸き上がってくるような言葉を押しとどめようと、わたしは懸命でしたが、これが実に神経にさわります。一度、彼女の頭に皿を投げつけたことがありました。ああ神様お赦しを、その時は長いあいだ彼女をさすって慰めたものです。つまりわたしは臆病者だからです。もしこんなことを彼女が言いふらそうものなら、どんなことが持ち上がったか知れたものではありません。『ドン・ジャコミーノは兵隊さんのとこにいたよ。連中がやってきて連れてったんだ！……』。

マリーア・ジュゼッパには、実際、いろんなことで苛々させられましたが、それでも、たとえば台所で彼女を見ていると、どうしてか気を惹かれるのでした。家には父が残した本がたくさんありましたので、読書三昧の生活を夢見たこともありました。デュマやシューの棚を掘り返してみました。でもこんな本すら楽しくはありません。結局のところ、わたしは何にも興味が持てないのです。ダルタニアンやアラミスが言ったりしたりするようなことが、いったい誰に理解できるというのでしょう。わたしはたしかに阿呆かもしれませんが、阿呆なりに信じていることは、人生とはこんなものではなく、もっと小さなもっと灰色のものだということで……。しかし、皆さん、また脇道に逸れてしまいました。どの本も興味を惹かなかったと言っていたところでした。つまり少しのあいだ気が紛れたとしても、次の瞬間には、なにか胸の内にこみあげて来るものがあって、ソファにじっとしておれないのです。ところで、こんなことを話して何になるというのでしょう。要するにわたしは中庭に駆け出してゆき、古い階段の手摺にのっている石玉を手にとって笑いながら投げつけては地面にたくさんの穴をあけ、喜んでじゃれついてくる犬と砂ぼこりのなかを転げまわり、最後には決まって台所のなかへなだれ込むのでした。どうしてこんな風なのか、たぶん孤独だったからでしょうが、炉の前にいるマリーア・ジュゼッパを見つけると、彼女が注意深く切り分けた肉や正確な分量にまとめたパセリやニンニクなどを、みんな床にぶちまけてしまうのです。すぐに猫どもが肉をめがけて駆け寄り、そしてわたしは幸せそうに笑っているのです。もちろんマリーア・ジュゼッパは泣き出しますが、このときはあまり声をたてずにめそめそするばかりですから、わたしも気分を害することはありません。どんな風に言えばよいのか、それに言っても仕方ないでしょうが、皆さん、わたしは彼女を動かさなければならないと、いつもの歩みから引き離さなければならないと思いつづけていました。どう言いますか、彼女はどんな変化も拒絶しているように見えました。考えてもみてください。畑に水を送り込んでいるパイプを途中で断ち切ったらどうなるでしょうか。哀れな水はあちらこちらへ無駄にこぼれ落ち、地面に吸い込まれて消えてしまいます。まっすぐ畑に流れて行くことはもう二度とないのです。楽しいことではありませんか、皆さん、想像するだけで笑いたくなります。

いずれにしてもわたしはいつも彼女の横から手を出し、たたいて泣かせてやろうとするのでした。つまり、泣かせるつもりはないのですが、最後には泣き出すのです。とうとう身をかばい切れなくなり、放っておいてくれと何度も懇願されたあげくの果てに。彼女の身体を木の枝で打ちつけたこともありましたし、頭からスカーフを剝ぎとって空中にはためかせながら走って逃げることもありました。わたしの後を追いかけてくる彼女。飛んで行くスカーフをつかもうと必死な姿を見るのはとても愉快でした。いったい何が楽しかったのでしょう。あの小さな小さな頭、てかてかと塗った髪、つま先立って手を伸ばしても決してスカーフには届きません。マリーア・ジュゼッパはとても背が低かったのです。わたしの肩ほどもないくらいでした。物好きな遊びですが、時には心を締めつけられるような気持ちになり、スカーフも返してやって、どこかの部屋へ引き下がることになります。

そんな日々は長かったとも短かったとも、どんな風に言ったらよいのかよくわかりません。たとえば小さな子供がよくやるように、二時間も三時間も同じ歌のフレーズをくり返し口ずさんでいました。それもどんな格好だったかと言えば、椅子から落ちそうになるまで身体をずらし、脚を曲げて膝と肩で橋を支えるようにしているのです。持ち上げた首がしびれてきます。前を見つづけていなければならないからです。こうして午前中ずっと、時には午後もじっとしているのです。だいたいわたしは、いったい何をしたらよいのか一度もわかったことがなかった気がします。あんな風に日々を過ごしていたのは、退屈だったからかもしれません。もっとも文字どおり退屈だったわけではなく、たとえば、昔のサーベルを取り出してきて、家の一角にある屋内テラスのような場所、木の覆いをつけた大きな窓の前でフェンシングをするのはとても楽しいものでした。犬もやって来てあちらこちらを駆け回り、大声で吠えます……だけどすぐに飽きてしまい、次にはありとあらゆる種類の硬貨を集め、居間のまんなかで遊びはじめます。新しい遊びを考えては、名前とルールと用語をひねり出し、独りで喋っていました。たとえば皆さん、話しても恥ずかしくはありませんが、こんな風に叫んだものです。『右のザーラ、がんばれ、お前だ！』、一枚の硬貨を投げて位置を確認すると、また大きな声で『左のクァットライオ、さあ素敵なカップルを引くんだ！』。他にもいろんな名前を、自分で勝手に決めた組み合わせや投げ方に付けていました。もちろん犬はわけがわからないといった様子で、不思議そうにこちらを眺めているのですが、誰が犬にかまったりするものですか。足蹴にして追い払うとわたしはひとりになります……けれどもこの遊びにもまた飽きてしまうのです。そうすると、木の玉を持ち出して犬の足元に投げつけます。犬がびっくりして飛び上がるのを楽しもうというのですが……五分もすると疲れてしまいます。皆さん、要するにたぶん、最後には台所へ、マリーア・ジュゼッパのところへ行く以外にどうしようもなかったのです。木の玉については、皆さんのお許しを頂きまして、家の門の下でどんな遊びをやっていたのか話したいと思います。大きな門から中庭にのびる坂になった通り道がありました。通り一面に小石が頭をのぞかせていました。わたしは中庭に身を横たえ、門のほうへ五、六個の玉を転がします。玉は坂を登っていった後、速度を増して転がり落ちてきます。わたしは一個も取り逃がさないように下で待ち受けているのです。ごつごつしているせいで、もし玉が途中で止まってしまったら、落ちて来た別の玉をぶつけて動かさなければなりません。この遊びが一番長続きしたものでした。空には太陽が、夏の太陽が照りつけていました。わたしは帽子を被り、遊びつづけますが……せいぜい二時間が限界です。それから？　それから大声で喚きながら台所になだれ込むのです。マリーア・ジュゼッパの背中から覆いかぶさり、腕をまわして抱きしめ、こんな風に叫びます。『ブタブタ悪魔、きれい、きれい！』。彼女をたたきながらそのリズムに合わせ、一音一音はっきりと嚙むように。皆さん、これはわたしの大好きなフレーズでした。作家の決まり文句と同じです。わたしは本を読みませんでしたし、生涯で勉強したのはアラビア語だけでしたが、最後には、こんなフレーズをいくつか発見することができました。話を元に戻しますと、つまり、わたしはいつも悪意をもって、マリーア・ジュゼッパを追い回したわけではなかったのです。けれども結局は、彼女を愛撫してやろうとするのも、からかってぶってやろうとするのも、同じことになってしまいます。そして、たまたま落ち着いた気分でいる時も、彼女のところへ行っては何か悶着をおこすのです。わたしは信仰を持ってはいません。なぜなら、思うに……まあこんなことは次の機会に申しましょう。要するにいつも神様を罵ったり、不信心なことを言ったりしていました。彼女には我慢のできないことで、わたしを教化しようとさえするのでした。マリーア・ジュゼッパは方言しか話せませんでしたが、しかもきついなまりで、イタリア語で理解できたのはほんの数語だけです。そのひとつが司祭の言葉でした。それをわたしに話すのです。どんな風だったか、たとえば彼女は言います。『主の葡萄畑を耕さなくてはならない』と、いくつかの音をこわばった調子で発音するのがとてもおかしかったものです。『の』などは『んの』という感じででした。こういった言葉が出てくるのは決まって食事中で、食べながらわたしはよく彼女に説教をして聞かせました。キリストの受難の物語やあれこれの聖人の物語をするうちに、感動した彼女が神様のことを考えながら恍惚としてわたしを眺めます。そのときを見計らって不意に盃を上げ、『ベルゼブに乾杯!』とか何か冒瀆の言葉を叫んでぐいと飲み干すのです。彼女の顔色がさっと変わるのを見ては喜んでいました。けれども皆さん、何をお話しすればいいのでしょう。わたしには悪意があったとは申せません。実際のところ、彼女がほんとうに苦しんでいるのを見ると、なんとかして慰めようとしたものです。皿を投げつけた時に撫でさすって慰めたのは、自分が臆病者だったからだと先に言いましたが、それは本当のことではありません。痛々しい彼女を見るのはとても辛いものでしたし、慰めるのは難しいことではありませんでした。涙から笑いへ、笑いから涙へとあっと言う間に変わるのですから。わたしにもできるようなつまらない駄洒落のひとつを言ってやるだけで十分だったのです。

食事をしながら、わたしの目の前、小さなテーブルの前にマリーア・ジュゼッパを座らせ、話をしてくれとせがんだこともよくありました。何の話だったか、何でも良かったのですが、彼女が口を開こうとしない時には、もうどうしたらいいか分かりませんでした。そんなことはよくあったのです。とりわけ、何を言おうとわたしの趣味には合わないと考えた後では。それでも気が向いた時にはいろんな話をしました。パン屋のことや死んだ人のこと、いろんな店の主人のこと、どんな風にして、たとえば、半キロのマカロニや一キロの米を買ったかなどです。こうしてわたしは気がついたのですが、みんな彼女のことを馬鹿だと思って、値段をごまかしたりしていたのです。そう言ってやると向こうは泣きはじめます。わたしの物を盗んだことなど一度もない、わたしのために一日中働いているのにと叫び、台所に引き籠ると声を立てないようにして泣きつづけました。はじめはわたしも苛々しますが、後から台所へ入って行き、優しく揺すりながら、たとえば、『泣くのはやめよう、聖女マリーナと聖ロッコにかけて！』などと言うと、彼女はすぐに笑いはじめるのでした。

何にたいしてもこれはこうしなければならない、という考えに凝り固まっているように見えました。仕事の順序を入れ替えたり、別のことをしなくてはならない、などというのは承知できないみたいでした。マリーア・ジュゼッパは、雄山羊のように頭を下げ足を踏ん張って、そこから決して動こうとしません。つまり鞭で打たれるまで動かないのです。多分だからわたしは、彼女がやりたいことにいつも反対してあんなに喜んでいたのでしょう。花が大好きで、よく菜園にいましたが、花に水を遣る彼女を窓からよく見ていたものです。水を遣りながらいくつかの花を小さな手で何度も愛撫していました。するとどうしてか分かりませんが、突然怒りがこみあげてきて、彼女を呼びつけます。何か仕事があるからというわけではありません。彼女が暗い顔をして階段を登ってくるのを見て、たとえば、椅子の上にじっと座っているようにと言いつけ、ぶつぶつと不平をこぼすのを聞くのです。

マリーア・ジュゼッパは手をこまねいて唯々諾々としているような女ではありません。わたしの命令に逆らって、家のなかでは他にもやることがあると口答えしますが、先にも言いましたように、これがまたわたしの癪《しゃく》に障るのです。彼女にはじっとしていることができず、あの重たいからだを引きずって台風のように走り回っているのでした。けれど夜になると、結局は何も手をつけないのと同じだったとわかります。わたしは彼女を呼びつけますが、言いつけには従いません。働くことが大切なので、それがどんな結果になろうと関係がないようでした。土地の誰もが、さっきも言いましたように、彼女のことを馬鹿だと思っていました。誤解しないでいただきたいのですが、わたしの故郷は、誰もがつまらない野良仕事ばかりに明け暮れている、例の小さな百姓村のひとつではありません。むしろ、いわゆる開化したところで、人々は進歩的な考えを持っていました。つまりマリーア・ジュゼッパの愚行につきあっていられる人はいなかったのです。彼女は生れつきの馬鹿ですから、放っておくよりどうしようもありませんでした。恐らくだからわたしと一緒にいたのでしょう。たしかに皆さん、一緒に住んでいた女が、いつも苛められていたのに、決して出ていこうとしなかった、と言っただけでは説明になっていません。奇妙なことは、何度も言ったかもしれませんが、マリーア・ジュゼッパは従順などころか、信じられないくらいの石頭だったということです。実際、我慢ができなくなることは何度もありました。たとえば、塩を入れずに料理するようにと言っておいたのに塩味がする、と言って彼女を打ちました。どうしてこんな命令をしたのか、よく覚えていませんが、ただ〈試してみたかった〉だけ、彼女を刺激したかっただけなのでしょう。ともかく成功したことは一度もありませんでした。彼女はいつも口答えし、何の役に立つのか納得できなければ絶対にしようとはしなかったのです。

皆さん、ここまで話して、まだマリーア・ジュゼッパがどんな女か分からないのだとしたら、それはもうわたしの責任ではありません。わたしは、どうして彼女がわたしのために死んだのか言いたかっただけでしたのに、また話が逸れてしまいました。あれは村の祭りの日でした。早朝のミサから帰ったマリーア・ジュゼッパは、服を着替えずに村へ出て行きましたが、その服というのが、虹色の玉をきらきらさせた、まるで絹でできているみたいな服で、上掛もまた光り輝いていました。被っていたスカーフは空色で、ところどころ金色になっているのが、とてもきれいでした。祭りの時はいつもそうでしたが、あの日も、いつ果てるとも知れない農夫たちの行進があり、家の中庭を通って行きました。わたしは、人前では常にそうだったように、真面目な顔つきをして、村のこと田畑のことをさも興味深げに聞いていましたが、事実は、かれらが持って来たものを受け取るマリーア・ジュゼッパに気をとられていました。リコッタを二包、卵を十個、季節もののイチヂク。何と申しましょうか、はじめて彼女を見たような気持ちでした。陽気に振る舞い爽やかで、分かっていただけると思いますが、まるで彼女が美しく変身したような、まるで祭りの霊気を吸い込んだかのようでした。とうとう彼らは行ってしまい、小路から行進の音楽だけが聞こえていました。わたしは顔を出さないでおこうと決心して、しばらく家のなかを歩き回っていましたが、別に用事が見つかるわけではありません。結局、外を覗いてみることにしました。聖女が見えました。尼僧の服を着た、顔は蠟で作った小さな聖女です。その足元には小さな小さな蠟細工の子供がいました。ちょうど窓の下を通っているところで、手を伸ばせば触ることもできそうでした。聖女の名前は何だったのか、聞いたはずですが、忘れてしまいました。たぶん聖マリーナだったと思います。妊娠した尼僧の罪を身に引き受けた聖女……いずれにせよ、これはどうでもいいことです。白い布を掛けた十字架を掲げて修道士たちが前を通って行くのを眺めていた時、マリーア・ジュゼッパに気づきました。向こうの窓のところ、部屋の隅のほうで、何か薔薇色のものに寄り掛かっているようでした。行列は動きはじめましたが、もう眼に入りません。二メートル下のところで歌いながら歩いている群集の熱気を感じながら、わたしはマリーア・ジュゼッパを見つめていました。妙な気分でした！　女たち、ああ、わたしの下を通って行った女たちは少なかったのですが（この掛け言葉はいかがでしょう、皆さん？）、いつでも身分相応に扱ってやったものです。スカートの前で恍惚とするなんて馬鹿げたことではありませんか。けれどもあの時は何か変でした。ともかく、何故とか如何にとかいう問題はこの際関係ありません。あのとき、マリーア・ジュゼッパは、わたしの庭で集めたらしい、薔薇の花びらや満開のキョウチクトウを、下を通る聖女の頭に投げかけていました。これを見てわたしがまた穏やかならぬ気分になったのも、例によってどうしてだったのかわかりません。庭の花をわたしに黙って勝手に切り取ったから、というわけでもありませんでした。さてこれからどうしてやろうかと、少し考えました。後ろからこっそりと近づいて行って、わっとばかり脚をつかんで中に引きずり込んでやろうかなどと。きっと思い切り楽しんだことでしょう。でも結局は何もせずに、ただじっと彼女を見つめていただけでした。彼女は窓を離れ、木の階段を走って降りて行きます（たぶん肉を火にかけたままだったのです）。わたしも後を追いました。その時はもう、悪戯をしようなどと考えてはいませんでした。彼女が話すのを聞き、その顔を見つめていたかっただけなのです。こうして、先ほど下を通って行った聖女の物語をしてくれるように頼み、わたしはその間ずっと彼女の顔を見つめつづけていました。誓って皆さん、この時いったい何が起こったのか、お分かりにならないとしても、それはもう仕方がありません。わたし自身どうしてなのか言うことができないのですから。ともかく、その瞬間、わたしはマリーア・ジュゼッパの頭を抱きしめて、思い切りその口にキスをしたのです。彼女は叫んだでしょうか。激しくもがくのを片手で押さえつけ、もう一方の手で上掛を引き剝がし、分厚い服を脱がせました。それからどうなったのでしょう。わたしは何も覚えていませんし、皆さん、それに皆さんの軽蔑の眼差しも気になりません。覚えているのはその直後に――つまり空白の瞬間の後で――マリーア・ジュゼッパが床に倒れていたことです。わたしは身震いしました。引き裂かれたシュミーズと〈肩衣〉に掛る鎖の間、あらわになった萎《な》えた乳房を見ると、ほとんど笑い出しそうになりました。すぐにそこを立ち去りましたが、どこへ何をしに行ったのかは覚えていません。

　さて、皆さん、もう終わりに近づいてきました。どうぞどうぞ、お好きなようにわたしを見てください。まったくかまいませんから。マリーア・ジュゼッパは病気になり、それから、先に言いましたように死んだのです。彼女はわたしのために死んだのでしょうか？　もしそうだとしても、どうしてわたしが気にしなくてはならないのでしょう。あの瞬間に彼女に惹かれたからといって？　キスしたくらいのことで？　何の罪があるというのでしょう。結局のところ、わたしはそれほど悪いことをしたわけではありませんでした。

皆さん、水を一杯いただいてもよろしいでしょうか。ほんの少しだけです。ああ、いったい何を眺めていると思っていらっしゃるのですか？　わたしはこの水を皆さんの顔に吹きかけることもできるんですよ。冗談、冗談です。それとも本当にお望みですか？

最後になりますが、今わたしは家に独り、ほんとうに独りきりでいます。毎日女がやって来ては半時間ほどでさっさと用事を済ませ、なぜか逃げるようにしてすぐ帰って行きます。あの馬鹿女。けれどもうどうでもいいのです。夕方になると散歩に出かけ、はじめに言いましたように、墓地にまでたどり着くことがあります。わたしは現在三十四歳です。ではこれで終わります。さようなら、皆さん。

一九二九年

Maria Giuseppa

（柱本元彦訳）

手

フェデリーコがもどってきた。中庭で番をしていた年老いた雌の猟犬は、かれを迎えに駆け出していった。三方を閉ざした中庭は下の菜園に通じている。その向こうには低い家並み、小さな谷間がつづき、なだらかな登りの果てに、遠くの丸い丘々の稜線が空を区切り、靄《もや》のかかった月の柔らかい光があたりを照らし出していた。かれは広大な古屋敷に、たったひとりで暮らしていた。手短に言おう。フェデリーコは勝手口から出入りする。けれども、ぐるっと回って二棟の湿気た納屋と食料貯蔵庫を通り過ぎ、ようやくにして台所にたどりつく。そうしてはじめて、電灯の明かりに触れることができるのだった。かれはため息をつき、田舎暮らしのやるせない退屈を呪い、何もない一人きりの夕べと遅くなった食事の準備のことを考えながら、鍵穴に太い鍵を差し込んだ。雌犬も一緒に部屋に入ろうと、待ちきれない様子で、いしゆみではじかれたように扉に飛びかかった。薄暗いなかを、足下にしゃがみ込んだ犬を追い払う。犬は、どこかに隠しておいた白く乾いた骨のことを不意に思い出すと、取りに行き、口にくわえて、音を立ててしゃぶりはじめた。

最初の納屋にさしかかったとき、フェデリーコは軽くはじけるような物音を耳にした。ネズミだ——、なかに何匹かいるに違いないと考え、急いでマッチに火を点けてみる。丸々と肥えた大きなのが、よたよたと左右によろめきながら歩いていた。ネズミは角のところをまっすぐに走り降り、もう使っていない水槽のなかに消えた。フェデリーコはかれの犬がネズミを憎んでいることを知っていたので（子供のころ、屋根裏によく犬を連れてあがったが、こちらがうんざりするほどネズミを追いかけ回していたものだ）、夜中の狩りを楽しもうと考えた。犬を呼んだが、外では、骨をかじる音だけが静かな夜に響くだけだ。しかたなく、もたもたしていると獲物を逃がしてしまうとでも言うように、声に力を込める。犬は自分の仕事を放り出し、興奮しきった様子で駆けつけてきた。フェデリーコはネズミが隠れている場所を指さし、犬をけしかけながら、水槽の木蓋をどんと叩いた。ネズミはびっくりして隠れ家からすごい勢いで飛び出した。激しく震えながら床を引っ掻き、犬の足のあいだから抜け出すと、犬は空《くう》をつかんでネズミを見失ってしまった。犬の嗅覚が人間の嗅覚よりよほど勝っているとしても、眼はたしかに人間のほうがいい。フェデリーコの睨んだところでは、ネズミは——どうして上の通り道を選ばなかったのか知らないが――、古い木の簀《す》の子の上に乗った鉄の長持ちの下に隠れたはずだった。犬をその前に導くと、長持ちには爪をかけずに、距離をとって立ち止まった。全神経をとがらせて。ネズミの逃げ道を塞《ふさ》いだわけだ。しかしフェデリーコが長持ちを蹴飛ばし、簀の子を動かしても出てこない。それではここに隠れたのではなかったのだ。気を削がれてしまうと、ネズミ狩りはもう忘れることにして家のなかへ入っていった。ところが、犬は長持ちを掻きむしり唸《うな》り声をあげている。つまりネズミがいるというのだ。このときまで犬はただ主人の意に従ってきたが、かれが何もせずに立ち去るのを見ては、おとなしくしているわけにはいかなかった。気持ちをふたたび掻き立てられたフェデリーコは、古びた燭台を手にしてから、またその場所に戻ったのである。

燭台を地面に立て、長持ちの片側をぐいと持ち上げた。小賢しいネズミは事実そこにいた。その下で、降りかかった騒ぎに押し潰され、死んだようになっていた。見つかると、ネズミはどちらに逃げて良いかもわからず、簀の子の下を闇雲に走り回った。だが少なくとも、犬の動きから、障害物のある限り完全には捕まらないとわかったようだ。

息詰まるような戦いが二匹のあいだに繰り広げられ、ネズミの甲高い鳴き声が響きわたった。巨大な敵を向こうにまわしてネズミの劣勢は明らかだった。濡れた鼻先が傷つくのを案じて、決然と口いっぱいに噛みつくことはせずに、顔を突き出してがぶりとやったかと思うとまた頭を引っこめる。木の枠に守られて、身の安全を図りながら、鼻先だけで戦っていた。しかし遂にはこんな状況にも堪えられなくなり、犬にフェイントをかけると中庭のほうへ駆け出していった。

不意をつかれた犬は、しかしすぐに立ち直り、激怒してあとを追う。ひと飛びで燭台を飛び越え、灯を消していった。犬の一歩はネズミの何十歩にもあたる。中庭への追跡は長くはかからなかった。

いまや単なる証人となったフェデリーコもまた外へ出ていった。犬はネズミのからだをくわえ、反撃の機会をあたえず相手を気絶させようと、乱暴にさっと宙に放り投げる。効果を確かめるために、倒れたままのネズミをながめていた。傷つき疲れたネズミは、しばらくじっとしていたが、やがてからだを引きずりはじめる。犬はふたたびネズミを捕まえるが、この時がはやる気持ちに震える犬にとっての最後の試練だった。ネズミは命と引き替えに激しく応戦した。仰向けになって（これが戦いの体勢だった）あらん限りの力で手を動かし（ネズミの手こそまさに手と言うべき柔らかい手だ）歯をむき出した。なにやら嫌悪感めいたものが犬の仮借ない動きを妨げ、堅く長いひげの逆立つ小さな鼻先が、魔法のように犬の神経を麻痺させるということもあり得ないことではない。

このときフェデリーコの眼にとまったものがあった。ネズミは逃げようとあがくあいだずっと長い糸を後ろに引きずっていたのだ。糸にはくすんだ輝きがあり、ある時はネズミの体に巻きつき、また引きずられ、長く引き延ばされる。中庭の埃《ほこり》にまみれて、かすかな輝きもすぐに消えていた。かれは腰をおろし、淡い月明かりのなかでたしかめようとした。腸だった。こんなにも細くて長い。かれは驚き、ぞっとするものを感じて、中庭の灯りを点けようと部屋に駆け込んだ。埃まみれで見分けもつけ難いが、たしかに腸だ。ネズミのからだから離れようとしない、まるでへその緒のようだ。しかし今は、逃げまどい藻掻《もが》くうちに尖った小石に絡まり、半ばで断ち切られている。それでも腸はさらに伸びて、最後の苦悶にあがく小さなからだにまで達していた。

ネズミはとうとう屈服し、おかしな格好で横たわった。下半身は腹を下に上半身は脇を下にして、両手は地面に平行に伸ばし、両足を押し潰されたようにぶざまに広げたまま。そのからだは苦痛にぴくぴくと震え、小さな口を開けてあえいでいた。フェデリーコはもうこんな光景には堪えられなかった。とどめを刺すよう犬を促したが、充分狩りを堪能した犬は従おうとしない。敵を倒してしまった以上、柔らかい繊細な喉に負担をかける意味があるだろうか？　かくしてフェデリーコはネズミにけりをつけるスコップを探しに行った。血をまき散らしたくはなかったので、突き刺して殺したくはなかったが、一方では、大きな柔らかいからだが一撃のもとに最期を迎える有様を感じていた。ネズミはぐったりとなり、ときおり手で土を引っ掻きながら、苦痛を嚙みしめるようにあえぎつづける。暗く光る両目は頭から少し飛び出してすっかり生気を失っていた。横向けに倒れた格好は、血まみれの屈服に身を投げ出している姿だったが、下半身はまだ逃走のかたちを描いている。その体の無垢な様子はフェデリーコの心を打った。

なおもネズミがのたうち回るので窒息させようとした。スコップを垂直にすると喉元をじっと押さえた。が、効果はない。からだの他の部分と同じく首も柔らかく撓《たわ》むのだが、たるんだ肉の厚みの下に脊椎の手応えがない。毛皮が引っ張られ、ぶら下がったひげのあいだに小さな歯を覗かせるだけだ。頭をひっくり返すと、表現しがたいくらいに愛らしくVの字の形に口を少し開いた。こうしてネズミは、悲しいわけでもないのにいまにも泣きだしそうな子供のように見えた。まるでわざとこんな格好をしたかのようでもあった。フェデリーコは絶望してもう一度犬を呼ぶ。犬はようやく納得したようだ。不吉なカリッという音が、われらのネズミが地上の生を離れたことを告げた。犬はネズミの頭を砕いていた。

戦いは無血のまま終了した。一滴の血、褐色の毛一本、口から滴る何ものも、地面を汚さなかった。フェデリーコは尾をつかんで持ち上げた。戦いで尾の先の皮が剝け、毛の生えた節々から筋がとびだしていた。月に照らしてよく見ると、腹に裂け目があった。もちろん犬の牙が傷つけた跡だ。そこから乾いたぎざぎざの茸《きのこ》のようなもの、あの腸の残滓が頭を出していた。ここにも血は一滴も流れていなかった。

フェデリーコはネズミを中庭の真ん中に置いた。朝やって来る下女がこれを眼にして、びっくりするだろうと考えて。口笛を吹いて犬を呼び、部屋に下がったのである。

サラダの味を調え、水を取りに行き、他の部屋の明かりを消し、あれこれ面倒を片づけてから、ようやくテーブルに落ち着いた。ああまだ忘れていたものがあった。本だ——さあこれでいい。孤独な夕食の始まりの合図は、いつもフランス語のお喋り、架空の相手と、こんな風に簡単な会話をすることだった。最初のじゃがいもを突き刺しながら、フェデリーコははじめた。ああウイ、ムッシュー、ウケアイマスガ、オタノシミイタダケルミセモノデスヨ……などと、食べ物をほおばったままテーブルの向こう側に眼差しを注ぎ、喋りつづけた。不意に、ネズミの姿がかれの頭をよぎる。ネズミの像というよりも、隠された深部から沸き上がって心の内を打つような、思いも寄らない感覚。そしてそれは、何かを掘り起こすかという瞬間に消えてしまった。フェデリーコはふたたび話しはじめる。内部の感覚は何度も現れては消えたが、だんだんと強くなっていった。最初の時からずいぶん時間がたったようにも思われたが、実際は数秒間のことだった。すでにかれには扉の向こうに横たわる死んだネズミを肉体的に感じとることができた。旺盛な食欲で食べつづけてはいたが、悲しみと哀れみ、とりわけ息苦しい不安が、はっきりとした理由もないままに、かれを苛《さいな》みはじめた。犬がテーブルの下にやってきて食べ物を要求した。先ほどの狩りで満足のゆく働きをしたのだから、褒美を待ちうけていたのも当然で、何か報いてやらなくてはならなかった。フェデリーコは上等の餌を与え、可愛いやつだと何度も機嫌をとった。

食事が終わると普段通りに本を読みはじめた。かれと同名の主人公が登場する小説『感情教育』は、前回までとてもおもしろく読み進んでいた。ところがこの時は、小説は色あせて見えた。

胸がむかつき、不安がとてつもなく膨れ上がって、読みつづけるのが困難なほどだった。かれは本のなかに、いまの焼けつくような感覚に対応するものを探してみたが、無駄だった。何かもっと軽いものしか発見できないように思われた。かれのこの苦境を救うよう作者に要求してみても、作者は自分のことだけで手一杯で、まるで自分のことしか考えずに落ち着いているように見えた。

なま暖かい悪臭のする内臓ほど、肉と血の感覚を呼び起こすものはない。フェデリーコはネズミの肉に首を押さえられ、その内臓で息が詰まりそうに感じていた。あの脂っこい肉の味と悪臭がかれの存在の状態と化し、容赦なくその血を直接に味わった。床につこうとしたが、どうやって眠れるだろう、と独りごちた。扉の向こうに死体を置いたまま？　脅かすようでもあり優しくもある死んだネズミの魂がまわりを漂い、ほとんど触れることができそうに思われた。かれ自身の魂とネズミの魂とが分かち難い深みで結びついてしまったようだった。

あの殺害を修復することは不可能であり、永遠にこのまま何の報いもなく終わったはずだった。

寝付きはひどく悪かった。頭に兜と飾りをつけたネズミたちの長い行列を淡い夢に見た。暗い色をしたひもを手に握ってからだを支え、かれの前を行進して通り、一匹一匹優雅にお辞儀してゆく。突然、中程度の大きさのネズミが現われ、列全体を震わせる。悲しい眼をしてじっとかれを見つめ、重々しい声で話しかけた。まあいいさ、君を赦してやるよ。そしてすべては嵐のような長々とした鳴き声と円舞のなか、夜の暗闇のなかへと消えていった。おまえを見つけるぞ、きっとまた！　とフェデリーコはつぶやき、ひもが残されているのに気をよくして、暗い地平線へと伸びる糸のように細い腸（ネズミたちを支えていた暗い色をしたひもはもちろん腸だった）をつたって飛び立った。しかし腸はいつ果てるともなく、いくつもの暗い谷の上を何時間も飛びつづけたフェデリーコは、息がつづかずに力つきはじめた。と、かれは目覚めたのである。

夜明けの光がネズミの小さな死骸を照らし出した。飛び出した両目はすでに凝結し、淡い反射を返していた。冬の朝に街中の通りで出会う、眼をはらした勤勉な会社員さながら、たくさんの蟻がせわしげにネズミに群がっていた。中庭のアカシアは、一日の始まりを前に咳払いするかのように見えた。少し離れたところに、ちぎれて干涸《ひか》らびかけた腸の断片があった。溝のなかにしゃがんだ犬が朝一番の風にぶるっと震えた。フェデリーコは夜着のまま外に出た。ネズミを拾い上げると、蟻を払い落とし、じっと見つめた。引き裂かれた内臓は埃にまみれていた。可哀相な肉。フェデリーコはネズミのひげを撫でつけ、胸に抱きしめ、仰向けにして子供をあやすようにネズミを揺すったかと思うと、頬をすり寄せて毛並みにそって愛撫した。小さな肩の上に毛のない染み、嚙まれた跡に気がつくと、苦痛を和らげようとするかのように人差し指をそっとあてた。わたしのネズミちゃん、かわいそうなわたしのネズミちゃん！――と嘆く。そして嘆きながら、ネズミを腕に抱いて菜園の階段を降りていった。奇妙な聖歌を口ずさみ、女の子が人形を葬る時のように哀歌を歌いつつ足を進める。跪《ひざまず》いて小さな穴を掘り、静かに死骸を置いて埋めた。平和にお眠り、かわいそうなわたしのネズミちゃん！――と繰り返す。跪いたまま動こうともせず、掘られた地面を見つめていた。向かいの窓の背後では、百姓女が、何事だろうと好奇心をむき出しにして眺めていた。かれは長い夜着の威厳を正して重々しく立ち上がり、大声で詩編を歌いながら家の方へ登っていく。ミサの童侍者をしていた頃を思い出しながら。

以上の話を聞いて、フェデリーコは狂ってしまったのだ、などとは思わないでいただきたい。むしろかれの地方では最高の弁護士のひとりだったらしいのだから。それに犬とも最後まで仲良くやっていた。もっとも、奇妙な行動は残ったようだ。何度か、白髪を頭に戴く歳になってからでも、かれの家の寂れた部屋や物置のあたりを夜中に歩き回り、声をあげることがあった。おいで、小さなネズミちゃん、ほら、おいで、ネズミちゃん、わたしの腕の中に！……。小さなネズミたちがばったりとかれに出会ったときは、おもしろがっているのか驚いているのか、丸い小さな眼を光らせてかれを見上げ、軽い玉を転がすような音をたてながら、その前を小走りに駆けていくのだった。

（和田忠彦訳）

Mani

無限大体系対話

　朝ベッドの上で目覚めると、まだ生きていることに驚くのはともかく、何もかもが昨夜とまったく変わっていないのには呆れるばかりだ。というわけで、放心したように、カーテンの隙間から窓の向こうを眺めていたときだった。寝室の扉を激しくノックする音がして友人Ｙが入ってきた。

　かれの内気でかたくなな性格も、神秘的な秘密の儀式さながらの奇妙な研究に打ち込んでいることも知っていたわたしは、その日も落ち着いて、ひどくとりみだした様子の友人を迎えた。わたしは服を着替えに立ち、かれは世間話をはじめたが、深い憂鬱と陽気な調子とがめまぐるしく移り変わりする言葉は、まるでうわごとのようだ。要するに、突拍子もなく異様なことか何かが友人の身におこったのだということはすぐに察しがついた。ようやく着替え終わって座ると、Ｙ

は不思議な物語をはじめた。かれの言葉をそのまま伝えようと思う。これから話す物語がどれほど妙で空《くう》をつかむような話に思えても、けっして口を挟んだりしないでくれ、できるだけ手短に話してみるから、と頼むのだった。驚きながらも興味をおぼえたわたしはそう約束して耳を傾けた。

まず知っておいて欲しいのだけれど、――と言ってYはつづけた――何年も前ぼくは、細かい根気のいる作業、芸術作品の構成要素に磨きをかけるといったことに没頭していた。それをつづけたあげくに明々白々となった結論を言えば、豊かで多様な表現手段の獲得は、ひとりの芸術家にとって、素敵なことでも何でもないということだった。たとえば、完全には知らない言葉で書くほうが、馴染みの言葉で書くよりもずっといいと思う。単純なことを知るために複雑に曲がりくねった道を通りたくはないかもしれない。でも、あのころも今も、ぼくとしては自分は正しいと思っているし、はっきりとした理由もある。つまり、何かの物や感情を直接あらわす言葉を知らないのなら、別の言い方を編み出さなくてはならないわけだ。視覚芸術だって同じことなのはきみにもわかるだろう。専門の言葉や常套句を放棄したあとには、何ものも芸術作品の誕生をさまたげはしない。

ここでYは、たぶんいま口に出した論理に自分なりに満足したのだろう、みずからの痛みを忘れて、言葉を切ると、眼を細めてわたしを見つめる。けれども呆気にとられて物問いたげなこちらの様子に気づくや、ひとつため息をついて、すぐにまた話しはじめた。

――それでこういった結論にたどり着いたころ、ぼくはイギリス人の怪物船長（どうして怪物なんて言ったのかすぐにわかるよ）とばったり出くわすことになった。ああ神様、どうしてこんな不幸から守ってくださらなかったのですか？　今となってはもう心の平安なんてものとは永遠におさらばさ！　どんなやつだったか、言っても仕方がないけれど、ぶよぶよ太った男で、かれもぼくも同じ食堂に通っていた。いつも目の前にたくさん料理を並べて、冒険の数々を自慢気に喋っていた。何年も東方で暮らし、むこうの言葉を何カ国語も知っていた（少なくとも自分ではそう言っていた）。なかでもペルシャ語が一番得意というわけで、何度かウエイターの鼻先で三つ四つ変な音を吐き出してみせたりした。ウエイターはぽかんとして眼をぱちくりさせていたけれど。やっこさんは、ワインを四分の一ボトルとビーフステーキを注文したかったということだ。わかってもらえると思うけど、ぼくはこいつが嫌だったね。ともかく、あの運命の日、ぼくはやつの口車にのせられて、ペルシャ語を教えてもらうことになってしまった。自分の理論を実験してみたくてたまらなかったのが不幸のもとさ。ぼくが考えていたのは、きみも理解したろうけれど、その言葉を不完全に習得するということだった。つまり、物事をいつも直接名指しできる状態の手前にあって、でもそれで表現するのには充分な程度に覚えるということ。授業は定期的におこなわれ……ああ、このいきさつの悲しい出来事をひとつひとつきみに聞いてもらいたいけれど……ともかくぼくは新しい言葉をどんどん吸収していった。船長によれば、言葉は実践を通じて学ばなくてはならない。というわけで、その期間中にはペルシャ語の本など見ることもなく（いずれにしても何かを手に入れるのは難しかったろう）、ぼくたちは連れだって歩きながら、会話はかならずその言葉ですることにしていた。疲れるとどこかのカフェに座り、白い紙を広げ、細かい奇妙な文字で埋めてゆく。こんな風にして一年余りがすぎた。最後のころになると船長は、ぼくの語学力を誉めつづけだった。ある日やっこさんが言うには、たぶんスコットランドだったと思うけど、そろそろ出発の時がきたということだった。船長は行ってしまい、ぼくとしては、やつの犯した罪に正当な報いが彼の地であったことを願うばかりだ。それ以来、あの男に会ったことはない。――こみ上げてきた怒りを抑えるかのように、友人Yは再び口をつぐんだ。痛々しく歪んだ顔が、つらい記憶を物語っていた。力をふりしぼるようにして、話をつづけた。

――ともかく、自分の実験をつづけるのに充分なくらいはすでに学んでいたわけだ。全身全霊を傾けてそれに打ち込んでいたよ。ペルシャ語以外では書かないようにしていたし、ある意味ではまた、それがぼくの詩、ぼくの魂の秘密の捌《は》け口にもなっていた。ついひと月前まで、ペルシャ語以外で詩を書いたことはない。幸いぼくは多作なほうではないから、これまでで三つほどの短い詩が出来ただけだ。きみにも聞いていてもらうよ。ペルシャ語でね。

どうやら、自分で書いたというそのペルシャ語は、Yには堪えられないものらしかった。けれどもわたしにはまだその理由がわからずにいた。

——ペルシャ語で!——Yは叫んだ——とうとうきみに説明する時がきた。あの嫌らしい船長が、ペルシャ語だといって、ぼくに教えたのはいったいどこの言葉なんだろう。ひと月前、突然、それまで知らなかったペルシャの詩人を読んでみたくなった(詩を読むことに言葉を学びすぎる危険はないからね)。ぼくは船長と勉強したときのノートを注意深く読み直して準備し、ある程度の自信がついていた。そして苦労の末に、やっと望んでいた物を手に入れたんだ。薄葉紙に丹念に包まれた本が届いたときのことは忘れられない。震えながら一目散に飛んで帰ったよ。家の小さなストーブをつけ、たばこに火をともし、ランプを調節して大切な本をしっかり照らすようにし、ソファーに座り直して、包みを解いたんだ……最初は何か間違いがあったんだと思った。目にした文字は、ぼくが船長から学んでよく知っている文字と似ても似つかないものだった!先に言ってしまうと、どこに間違いがあったのでもない。確かにペルシャの本だったんだ。しかたなく、船長も文字は忘れていたようだけれど、ともかく言葉はまぎれもなくペルシャ語だったのだと思うことにした。文字の書き方自体は重要なものではないからね。でもこれもはかない期待にすぎなかった。あちらこちらで大騒ぎしながら、ペルシャのアンソロジーや文法にざっと眼をとおし、探しつづけた甲斐あって本物のペルシャ人を二人つかまえた。そしてとうとう、ついに……——かわいそうなYはここで声をつまらせた——ついに、恐ろしい事実が全面的に明らかいになったんだ。〈船長はぼくにペルシャ語を教えたんじゃなかった！〉きみに言っても仕方ないけれど、シベリアの方言かアイヌ語か、ことによるとホッテントット族の言葉なのかもしれないと必死になって調べまわった。ヨーロッパでもっとも高名な言語学者とも連絡をとった。でも何も出てきはしなかった。〈こんな言葉は存在しないし、存在したこともなかったんだ！〉すっかり絶望して、あの憎たらしい船長に手紙まで書いた（やつは住所を残していったからね。『用があれば何なりと』と言って）。それで、これが昨夜届いた返事なのさ。——Yは打ちのめされた様子でうつむき、しわくちゃになった一枚の紙をわたしに差し出した。手紙にはこう書かれてあった。『拝啓、あなた様の云々……お尋ねくださったような言葉につきましては、小生の長きにわたる言語的経験に照らしてみましても、まったく聞き及ぶところではありません（——なんて恥知らずな！——Yはつぶやいた）。これらの表現を眼にするのは初めてのことでありまして、思うに、あなた様の豊かな想像力が生み出したものと存じます。おしるしをつけていただいた奇妙な記号は、エチオピアの文字かチベットの文字に似たものと見えます。しかしながら、そのいずれでもないことは確かであります。あなた様がおっしゃるように、……でともに過ごした時に関し、誠実にお答えしますと、たしかに、ペルシャ語の授業にいたしましても、あれほど長い時間がたったあとでは、規則や言葉にいくつか正確ではなかったものもあったかもしれません。そうではありますが、驚くほどのことではなく、あなた様にもしかするとお学びした（ママ）つまらない過ちを正すことは、困難なこととは思われません。よいお知らせをいつもお待ちしております云々……』

──もはや疑問の余地はない──Yはからだをゆすりながら言った──あのみそっかすが、ただ単にぼくをからかおうとしたのだとは考えられない。おそらく、やつが教えてくれたのは、自分で本当のペルシャ語だと信じていた言葉だったんだろう。いわば、個人的なペルシャ語さ。間違いと歪曲があまりにもひどくて、もとの言葉とはすっかり別物になってしまった言葉。それから思ったのは、あの馬鹿者のご立派な精神のなかで、あのような知識が何らたしかな価値を、これっぽっちも持たなかったということ。あわれなやつ、陽炎《かげろう》のように揺らめく記憶を探りながら、忘れてしまった言葉を蘇らせようと夢みたのか、見当違いなものをつくりだして、ぼくに教えたわけだ。即興が得意なタイプにはありがちだけど、あとになると自分の発明なのに何も覚えていなくて、心底から驚いたりするんだ。

以上の分析は完璧に冷静な態度で語られた。だがすぐそのあとに、──それがまったく忘れられてしまったとして、この状況を想像してみてくれよ！　現実が欲しいんだったら、ほら、これが現実さ！──Yは結論づけるように叫んで、自分の悲嘆をわたしに投げかけた。──何が悲しいといって──と情けない声で──どうよんだらいいかもわからないこの馬鹿げた言葉は、とても美しいんだ、実に美しい言葉で……ぼくは心からそれを愛している。

かれがちょっと落ち着いたので、ようやく、わたしも何か言わなくてはならないと考えた。

——それにしても、Y、確かに不幸な事件にはちがいないが、結局のところ、無駄な労力を使ったというほかに、もっと深刻な問題があるとでもいうのかい？

——きみたちはそう言うだろうな——苦々しそうにYは応えた——じゃあきみには何が重大なことなのか、この事件の恐ろしい核心が何なのかわからないんだな？　問題が見えないんだな？　それでぼくの三つの詩は？　三つの詩、——心を打ち震えさせながら付け加えた——そのなかに、ぼくは自分のありったけの力を注ぎ込んだんだ！　ぼくの三つの詩は、いったいどんな詩だと言えるんだ？　ありもしない言葉で書かれたなんて、まるで何も書かなかったのと同じじゃないか！　ほら、言ってみろよ、ぼくの三つの詩はどうなるんだ？

雷に打たれたように、一瞬にしてわたしは、身動きとれないこの状況を理解した。今度はわたしがうなだれる番だった——実にショッキングで特異な美学的問題だ。

——美学的問題だって、きみは言ったんだな？　美学的問題……それじゃ……——Yは派手に飛び上がった。

あの頃はいい時代だった。わたしたち同世代の者たちは、夜になると集まって、みなで偉大な詩人たちを読む。一片の詩は、定期的に発見され増え続けるばかりの食堂の請求書より、かぎりなく大切なものだった。

次の日、Yとわたしは二人して町の出版社の門を叩いた。そこで大評論家たちのひとりをつかまえようというわけだ。かれらにとって美学の問題は明白そのもので、他のだれより問題に精通しているゆえに、国中の精神的生活が、その肩の上に安らいでいるはずだった。かれらと面会の約束を取り付けるのは大変なことなのだ。でもYは自分の平常心をあてにしていた。

大評論家は、優しく微笑んでわたしたちを迎えてくれた。まだ若く活発な眼をして、目のまわりには皮肉なしわがあった。話しながらあたりの道具をもてあそぶ。カッターをいじったかと思うと、綴《と》じた本を立ててテーブルの上でぐるぐるまわし、黒塗りの容器に入れた苦いアーモンドの糊《のり》の匂いを嗅ぐ。もっとも、一番のお気に入りは、ぴかぴか光る大きな編集用の鋏《はさみ》でもって、ゆっくりと空を切り、口髭を撫で下ろすことらしかった。まるで自分自身に対してのように、よく含みのある笑いを洩らしたが、それはとりわけ相手の言葉に困惑を感じたときらしかった。一方、直接相手に向かっては、世間的な笑いを投げかけるばかりで、要するに大げさに儀礼的な態度をとっていた。まじめな身振り、外国語混じりの洗練された言葉でもって、落ち着いて話をした。

要件を聞くと、一瞬とまどいの表情を浮かべた。ふくみ笑いをして、わたしたちの頭の上を放心したかのように眺めると、口を開いた。

――しかし、あなた方、どんな言葉で書こうとまったく問題はありません（ありませんと言いつつ眼を落として、あけすけに笑った)。つまり、傑作を書くためにその言葉が普及したものである必要はありません。この場合、Y氏はたった二人しか知らない言葉でお書きになった。それだけです。いずれにせよ、あなたの詩が、その、一級品であることに違いはなく、ノープロブレムです。

——ちょっと待ってください、——とY——自分で二年前に作り上げた言葉を、例のイギリス人船長はすっかり忘れてしまったのだと、あなたに言いませんでしたか？　そのうえ、告白すると、ひどく傷ついたぼくは、この手で昔のノートを全部焼いてしまったのです。ですからその言葉の規則も文法も消えてしまったというわけです。つまり、この言葉は存在しないのです。たとえ二人の人物が数カ月のあいだ話していたとしても。

——どんな言語でもですが、——大評論家は応えて——シンタックスの文法がなければ現実性を獲得することも不可能だ、などと思ってはなりません。たとえ語彙がなくても、と言いたいところです。あなたの言葉は単に死語となった言語だと考えてください。つまり、わずかに残された資料をもとに解読することも可能でしょう(要するにあなたの三つの詩です)。問題はすみやかに解決されるはずです。ご存知と思いますが、——と歩み寄るかのように——いくつかの言語はほんのわずかな碑文が現存するばかりで、残された語彙の数も微々たるものでしかありません。しかしながら、これらの言語は確かに現実的なものなのです。さらに言えば、たとえそれが解読不可能な、そう、カ・イ・ド・ク・フ・カ・ノ・ウな碑文でしかなくても、それでもこの言葉は我々の美学的対象たる権利を持っているのです。——自分の言葉に満足して、口をつぐんだ。

——でも、——とわたしが突っ込む——いまおっしゃられた最後の種類の言語については、わたしにはあなたの言いたいことがよく理解できないのですが、それはともかく、もうひとつ前の種類の言語のことを考えてみたいのです。つまり、碑文を前提として現実的なものとなる言語のことです。残されたものは少なくても、ここを注意してください。シンタックスの文法と充分な語彙とを持った総体がかつて存在したわけです。碑文はいわば時間と空間とを特定しうる組織の、その構造の痕跡を伝えています。これなくしては、模様のあるどんな石、まさに解読不可能な記号が描かれた例の石のようなものからも、区別できなくなってしまいます。要するに碑文は知られざる過去に光を投げかけ、過去から意味が導き出されるのです。その過去とは、特定の表現に特定の意味を与える規則や習慣に他なりません。ところで、問題の三つの詩はどんな過去を持っているのでしょう。いったいどこにその意味を探せばよいのでしょう。その背後には束の間の気まぐれしかなかったというのに。規則もないただの気まぐれで、誕生したときと同様はかなくも、決定的に消えてしまったのです。

大評論家はわたしの方をちらっと見た。『注意してください』という言葉が気に障ったようだった。わたしは気後れすることなくつづけた。

――わずかに残された碑文をもとに再構成される言語というのは、その碑文によって他の言語ではないまさにその言語が構成されうるということを示さないかぎり、実体を持ちえないでしょう。けれども我々の問題は、こんなにもはかない資料がそのすべてなのですから、それをもとにひとつどころか百もの言語を構成することができるということなのです。たとえば、素敵な引き出しの中に一片の詩が入っているとしましょう。その詩がどんな言葉で書かれているとしても、それぞれの言葉によって根本的に違ってくるはずです……。

わたしは黙った。自分の理屈にかなり満足して。しかし大評論家は、

――あなたが言ったことは――と応えた――単なる詭弁ではないですか。第一に、たしかに哲学は、類似の場合、仮定によって進められます。仮定です。しかしこれは相対的な確かさを持つにすぎず、つまるところ仮定にすぎないのです。理論的には、何らかの碑文にもとづいて再構成しうる言語はたったひとつだけではありません。第二に、ひとつの詩が同時にいくつもの言語で書かれうるということが、いったいどんな問題だというのでしょう。本質的なことは、あるひとつの言語で書かれたということであり、その言語が他の言語、あなたの言うように何百もの言語とどこかしら似ていたとしても、それが互いに交換可能なほどだとしても、結局は些細なことでしかないのです。最後にひとつ、注意していただきたいのは、つまりその、より高い見地からすれば、芸術作品は言語的慣習を度外視することができるのみならず、あらゆる慣習から自由なの

であり、自らのうちにしか基準を持たないのです。

——それは違う——わたしは叫んだ。今まさに抜け落ちてゆく自分の論点を前にして、——そんなふうに逃げないでください。詭弁はあなたのほうではありませんか。芸術作品を引き合いに出されましたが、まさにそれが問題となっているのです。あなたの価値判断を支えている基準はどういったものなのですか？　先ほどの話をもう少しつづけさせてください。ひとつの碑文はその背景を持ち、規則の総体を垣間見せるものだと言ったとき、純粋に言語学的なデータは、言語外の知識によってはじめて価値づけられる潜在的なものだと言いたかったのです。つまり民族学的な知識が必要なのです。その民族について知っているがゆえに、我々は安心して、ある表現が特定の状況に対応すると見なせるのみならず、同様なすべての状況に当てはめることもできるのです。たとえば、ある民族が、仲間内の会話にも異族との交渉においても、ただひとつの言語を用いていたという事実を知ることは、ひとつの単語に恒常的な価値を与える充分な保証となります。碑文の背後には、あなた、民族の全体が存在するのです！　しかし件の詩の背後には、すでにご承知の気まぐれがあるだけです。それではいったい、ひとつの表現が根本的にその意味を変えてしまうことがないと、誰が保証してくれるのでしょう？　いくつかの文章のあいだで、あるいはひとつの文章のあいだで、あるいはひとつの文章のなかにおいても。目を留めてもらいたいのですが、三つの詩を通して二度使われている単語がいくつかあります。理論的には、たしかに、三つの詩のそれぞれがあるイメージ（あるいは概念と言われるかも知れませんが）を展開していると仮定できます。しかし他方では、いずれの単語もはっきりと確定できる意味を持っていないのですから、何千何万という別のイメージ（あるいは概念）でもありえるのです。

――待ってください、待ってください、――今度は大評論家が、我を忘れて叫んだ――問題のすみやかな解決はそこにあります。こちらのY氏は、いつでも、それを翻訳して自分の意図したところを我々に伝えることができるのです。というわけで、あなたの反論は成立しません。――と言って勝ち誇ったようにこちらを見たが、わたしは動じなかった。

――お忘れになってはいけません。詩は単にイメージ（あるいは概念）なのではなく、イメージ（あるいは概念）に加えてもっとほかの要素があります。これから聞く友人の詩を翻訳によって判断することは、外国の詩人を我々の言葉で読んで判断するようなものです。正当なことでしょうか？　誠実な態度ではなく誉められたものではありません。それに友人自身も、厳密には、自分が何を言いたかったか知ることができないのですから。――Yはわたしを睨みつけた――つまり、かれは直接あの言葉で考えて詩を生み出したのですから。結局のところ、かれの詩は、今あなたとわたしが聞くような、翻訳としてしかありえない。翻訳は本質的かつ不完全に偽物なのです。まったく恣意的なもので、実際の作品とは似ても似つかない、誤った解釈にすぎないものかも知れません。それから最後に、思い出していただくまでもありませんが、一般的に言って、芸術作品は必然的になんらかの慣習に従って創作されるもので、その慣習のなかではじめて判断可能となります。作品は、その構成要素を抜きにしてそれ自体で価値づけることができないものです。神以外に、絶対的な作品は考えられませんし、作品という概念も相対的な概念です。作品は観念の階段を無限に昇ってゆきますが、つねに唯一の倫理的価値のなかに存在するのです。無駄話はこれくらいにしておきましょう。さて、ところで、あなたの価値判断の基準はどこにあるのですか？

大評論家のオフィスは墓場のような沈黙に包まれた。かれの視線は空をさまよい、わたしの質問が聞こえなかったふりをした。はっと身を震わせると、時間をかせごうとして、Ｙのほうを向き、にっこりと笑いながら言った。

——ところで、あなた、いま〈こんなに素敵な頭脳戦〉の原因となっているあなたの有名な詩を、どうして聞かせてくれないのですか？

ここには一つしか持ってきてないのですが——とＹは躊躇した。大評論家に励まされてポケットから何枚かの紙を引き出す。紙にはまるでコンマと切り傷でできたような細かい奇妙な文字がびっしりと書き込まれていた。かれは不安げな声で読みあげた。

アガ・マジェラ・デイフラ・ナトゥン・グア・メシウン
サニトゥ・グッジェルニス・ソエヴァリ・トゥルッサン・ガリグル
・・・・・・・・・・・・・・・
サンムヤブ・ドヴァルヤブ・ミグェルチャ・ガッスタ・ミウスク
シウ・ムム・ルッストゥ・イウナスクル・グルルカ・ヴァスルスク

（Yがわたしに渡してくれた書き写しによる）

ふかい沈黙。大評論家は鋏の先を口髭に当てたまま待っていた。Yは前にのりだすようにしてかれを見つめていた。そしてついに口を開く――で、おしまいのほうにある詩行の母音『ウ』はどうですか？　それから『ウスク』の韻！　どう思われました？――このとき、かわいそうな友人は説明が必要なことを忘れていたのだった。

――たしかに、たしかに、悪くありません、ベリー・グッド――と大評論家。――それでは、お願いですから翻訳していただけますか？

Yは、即興的に訳しはじめた。

やつれた顔が幸福に涙して

女がわたしにその生涯を語る間に
心に友愛がめばえる。
優美な曲線を描く並木道の赤松と唐松は、
あたたかな薔薇色の夕暮れと
国旗はためく小さな家を背景に、
まるで女の顔を刻むよう。かの女は自分の鼻の
輝きに気づかない。だが揺らめくその光は、
わたしには長いあいだ、痛々しいほど馬鹿げていて、
道化た小魚のようにくるっと身を捻《ひね》って跳ねた、
この心の暗闇の底で。

——素晴らしい。ほんとうによく出来ている——大評論家は惜しみなく賞賛の言葉を発した——いまわたしは、あなたの言った『ウ』の意味を理解しました。素晴らしい、実に。きっちりと的確でありながら、全然図式的ではない。

こういった常套句を並べたあとでわたしのほうを向く。

——さてもうおわかりのように、あなたの疑いは根拠のない——微笑みながら——無謀なもの

でした。かれが実に手早く翻訳したのを聞かれましたか？

——何を言ってるんですか——Ｙはこぼした——あんな意訳など原文とこれっぽっちも似ていません。翻訳された詩はまったく別物で、何もかも失ってしまう。どんな意味も残ってないんです。

——ご覧のように——と今度はわたし——振り出しに戻りました。少し前、あなたはどのような基準をお持ちなのかと、僭越にも尋ねさせていただきました。もう一度繰り返してお聞きしたいものです。

大評論家にはもう逃げ道はなく、また議論に取りかからなくてはならなかった。再び困難な道だ。

——ほんとうに——かれは話しはじめた——正しくもあなたが言われたように、わたしはこれらの詩を判断する資格は持っていませんし、どのような基準を持ちだすべきなのかもわかりません。判断基準を持つことができるのは、良くも悪しくも、その言葉に通じている唯一の人物、つまり作者だけでしょう。

——わたしとしては——と横槍を入れる——こういった出口は先に塞《ふさ》いであったつもりだったのですが。作者自身でさえ、なぜならすでに申しましたように……

突然、このときまで押し黙っていたＹが（もっとも何か企んでいる素振りを見せてはいたが）、話を別の方向に運んでいった。

——たとえ判断できるのが世界でただひとり、すなわち作者だけだとしても、芸術作品は芸術作品であるというわけですね。

——まさにその通り。

——つまり、内容ではなく音が、詩作の出発点なのですね、——Yはこう言った。かわいそうに——響きのいいきれいな言葉やどこか陰のある言葉を並べて、その後から意味をつける、それとも意味が向こうから現れてくるのを見ていればいいのですか……?

——すみません、どうしてそうなるのかよくわかりませんが……

——ええ、しかし、そうではありませんか。耳に閃《ひらめ》いたいくつかの最初の音にリズムをつけ、それから美しい意味を与える、というやり方に誰も反対できないのですから。こうして、また新しい言語が生まれるでしょう。不完全なものでわずか数フレーズの言葉（作品の構成要素です）であっても、問題はないわけです。なぜなら、その言葉に通じた人物、つまり作者がつねに存在していますし、作品の評価をすることができる人物も、つまり作者が存在するからです。

——ちょっと待ってください。極端な話は困ります。あなたのご意見の前半には、少なくとも、これでもわたしにはやりすぎと思えるのですけれども、そっくり賛成いたしましょう。しかし後半は……そう……危険な世界観にはまり込んではなりません。あまりに無謀なテーマからは離れるべきです。わたし個人としては、コモンセンスは守りたいところです……――大評論家はここで自分を越えてしまったと言うべきだろう。

しかしYは応えた。

――ぼくの論理が常軌を逸しているように見えたとしても、かまわないんです。ぼくの問題は別のところにあります。それで、あなたは、前半部分には賛成だと？

――もちろん――と大評論家――芸術家の魂の奥底に隠された秘密の場所で起こっていることは、我々凡人の目にしうるものではありません。たしかに、意味を考える前に言葉を繋ぐことも、またそれらの言葉から、ひとつの単語からでも、意味が立ち現れるのを待つことも、芸術家には許されています。それが、つまり……芸術である限り。ここが肝心なところです。それに忘れてはいけないのは、意味は必要不可欠なものではないということです。詩は、あなた方、まったく意味を持たないこともあるのです。繰り返しますが、芸術作品でありさえすればよいのです。

――結論として――とYは追い打ちをかけた――芸術作品には特定の意味がなくてもよいわけですね。音楽的な響きがあるだけでも充分、百万人の読者にそれぞれ違った百万の事柄を伝えても、要するに、何ら意味を持たなくてもかまわないわけですね？

――まったくのところ、その通りです。

――それでは、どうして、存在しない言葉で書かれたあの詩も、同じように芸術作品の名に値すると認めてくださらないのですか?

大評論家はちらりと時計を見た。この面談にはもう充分時間を費やしたと判断したのだろう、こう言った。

——実際、そうお考えになりたいのでしたら、わたしも同意します。

——よかった! その言葉を聞くことができて——Yは微笑んだ。もっとも、微笑みの裏に何か隠しているらしかった。事実、場面を一転させるかのように言い足した。

——そういうわけですから、三つの詩の意味はすっかり諦めます。きれいに清書してアルファベットの書き換えをつけ、今度ここに持ってきます。意味とは無関係に判断してください。

——わかりました、わかりました……——唐突な申し出に大評論家は口ごもった——もちろん、かまいませんが、しかしながら……どうして意味を放棄なさるんですか? よく考えてください。そんなことはしない方が、栄光の道は近いでしょうに。どうして、その詩を判断し、味わうことも称えることもできる唯一の人物、つまりあなた自身との対話に任せておかないのですか? 信じてください、多数と関係するより、ただひとりと関係したほうがよいのです。信じてください……。ためらうことはありません。わたしの希望でもありますが、あなたがご自分を偉大な詩人とお考えになりさえすれば、あなたの栄光はシェークスピアにも匹敵する完璧なものとなるのです。このとき、あなたの詩的言語を理解するすべての者たちから祝福をお受けになるでしょう。

偶然にもたった一名ですが、それが何だというのでしょう。栄光は量の問題ではなく、質の問題なのですから……。

大評論家はとげとげしい冗談に走ったが、冷や汗をかいていた。

――あなたの言葉に従います――とYはついに言った。そして冷笑を浮かべながらもう一度かれを見て、――ともかく、議論の前半部分にはあなたも完全にぼくと同意見だと認めてくださるのですね?

――そうです、そうです、完全に、ほんとうにもう!

大評論家は、こんどはこれ見よがしに時計を見た。そして立ち上がると言った。

――残念ながら次の仕事がありますので。あなた方が持ち込んだ問題の結論ですが、三つの詩に関しては、それを判断評価する資格を持つのはただひとり、作者のY氏だけであるということが、我々の話し合いで明らかになりました。Y氏には、あらゆる誤解と羨望を超越した疑問の余地のない栄光を、存分に味わっていただきたいと心から願います。

すっかり自分を取り戻したようだった。危機は過ぎ去ったのだ。扉まで我々を見送ると、親しげに肩を叩いた。

――ときどきはお訪ねしてもよろしいでしょうか?――Yが尋ねた。

――もちろんです、お好きなときに……

わたしとしては、まったく不満だった。外に足を踏み出す直前、もういちど——しかし芸術とは……

——芸術とは——と大評論家はいらいらしながらも物柔らかにさえぎった——芸術とは何なのか誰でも知っています……

この物語の後日談はあまりにも悲しいもので、わたしには詳しく語ることができない。読者には次の事実だけで充分だろう。例の訪問のあと、友人Yの頭の調子は少しおかしくなったようだった。いつまでたっても、初めも終わりもない変な詩を携えて、あちらこちら出版社を訪ね歩いていた。詩の公表と報酬を期待しつづけていたのだ。もう誰もがかれのことを知っていて、いつも門前払いをくわせた。

かの大評論家のところへは、もう一度行ったきりだった。その日、しつこさに堪えかねたかれは、Yを階段から突き落とすか何かしたのである。

（和田忠彦訳）

Dialogo dei massimi sistemi

ゴキブリの海

かつてのフィレンツェの友人たちに

　ある春の午後のことだ、コラカリーナ弁護士は、息子も知ることができなかったようなはつらつとした足どりで家路についていた。歳は六十にならんとしていて、おまけにのらくらもので定職につけない息子がいるため、彼はいつも思いに沈んだ様子をしていたが、その日は、柔らかな薄日の差す、かなり暖かな日だった。弁護士は晴れ晴れとした様子で歩き、鋭い目つきで（その目はやっかいものの息子がいるため、常に鋭かった）美しい女たちをじろじろと眺めていたが、その時名を呼ぶ声がした。

　真新しい床屋の戸口から当の息子が走り出てきたのだ。上着もつけず、シャツを肘の上までまくりあげていた。

「父さん、見ておくれよ、すごい切り口だろう！」

こう言うと、二の腕の深い傷を見せた。かみそりで一直線にすぱっと切ってあり、血がどくどくと流れ出ていたが、息子は満足げに笑っていた。弁護士はそれを目にして恐ろしさに震え上がったが、何かを言ういとまもなかった。息子が傷口を確かな手つきで広げ、もう一方の手で中を探り、何かを外へ引き出し始めたからだった。まず長い紐、次いで一本のマカロニ。息子が差し出すのを受け取ると、父親は同じようにして中をのぞいてみた。

中は信じられないほど広かった。壁は土色を呈し、底には、血まみれの泥のようなものの中に、何かごちゃごちゃと浮かんでいるのが見えた。それから息子は靴の鋲《びょう》一個、狩猟用の散弾数個、米粒をいくつか引き出した。そして羽が体にはりついた大きな蠅と、水色で透明なうじ虫まで引っぱり出したが、彼はそれをいまいましげに遠くへ投げ捨ててしまった。だがそのうじ虫はすぐさま這《は》い寄り、弁護士のエナメル靴によじ登ろうとした。だが息子はそれを土ぼこりの中に蹴飛ばしてしまった。

「ああ、こういう気だったんだな?」うじ虫は甲高いキーキー声で文句を言った。

「呪われるがいい。中で何をしていたんだ!」息子はこのいさかいをさほど気にも止めずに、やり返した。そして父親を振り返って言った。「もう出発の時間だ!　これをなくさないで」息子は傷口から引き出したものを父親に渡すと、その服の袖を強く引いてひきずっていった。父親は紐や鋲やそのほかのものをどこに収めていいか分らずに、ぬるぬるした血だらけのもので両手を一杯にして、つまずきながら後に続いた。

港では海からの風のため、出発の準備がまだ整っていなかった。「ここを持って」息子は太い帆綱の端を弁護士に渡すと、大声で叫んだ。「強く引いて」弁護士は預けられたものをどうにか片手に収めることができたので、残った手で帆綱をつかみ、引くことができた。大粒の雨が落ちてきた。波が大きくふくれ上がり、沖を指している船の舳先《へさき》を叩いた。弁護士は水しぶきでずぶ濡れになってしまった。マスト、甲板、龍骨は軋《きし》んで悲鳴をあげ、帆綱はぐいぐい引っ張られた。見上げると、すでに巨大な帆がはられ、風をはらんでふくらんでいるのが目に入った。弁護士の力はもはや尽きんとしていた。「ああ、そこのあなた！」彼はだれかれかまわず通りがかりのものに声をかけたが、耳を貸すものはいなかった。せめてもう一方の手が使えたらと思ったが、それには手の中のものを捨てなければならない。ようやく、片足が木の義足の男が近くにやってきた。「ああ、持っていたのはあなたか？」男は威《おど》しつけるような調子で尋ねた。服装から想像するに、重要人物らしかった。おそらく船長だろう。

「私は……私は……」弁護士は答えた。

「やめろ、おしゃべりはいい、始めるぞ」男は呼びかけた。「紐のもの！」

上半身裸の、やぶにらみの水夫が前に進み出た。船長は弁護士の手から紐を取ると、水夫に渡した。水夫はそれを無造作に受け取ると、ぶつぶつ言いながら離れていった。「地獄へ落ちろ！」

少し離れると、水夫は小声ながらはっきりと言い、紐をいらだたしげにもてあそび始めた。

「鋲のもの！」もう一人の水夫が呼ばれ、さらに二人呼ばれた。米粒をもらった水夫は、襟《えり》なしシャツの首から中に入れようとした。

「気をつけろ、犬め！」船長はピストルの柄に手をかけ、乗馬鞭をふり上げながらどなった。

雨はもう土砂降りになっていた。ようやく両手で帆綱を引けるようになった弁護士は、まるで翼を広げて飛び立たんばかりの灰色の空全体を引きとめているような気がした。彼は凝縮した息を肺から外に強く吐き出すことで、大気全体を自分の力の中に閉じこめていた。これだったら航海中ずっと帆綱を支えていられる、島までで も、と彼には思えた。

「何を待っているんだ？」水夫長がまた船首楼からどなった。

「ルクレツィアだ」数カ所から答えが帰ってきた。

船は波に身をまかせたくてうなり声をあげ、身もだえしていた。だが弁護士は、風が海から吹いているため、相変わらず船を抑えつけていた。

やっとルクレツィアが現われた、船形帽をかぶった筋骨たくましい二人の男に、荒々しく突きとばされながらやって来た。半分裸で、乳房が片方飛び出しており、男たちに引っぱられるたびに乳首から乳があふれ出た。「こっちだ、こっちだ」船長は船室のほうへ道をあけた。「やめなさい！」ルクレツィアは凜《りん》として叫んだ。「やめなさい、私は用を足さなければならないのだから」

二人の男は一瞬、彼女を放した。すると彼女は舷側に身を寄せ、指で乳首をつまんで、初めは片方の乳房、次いでもう一方の乳房と、海に二本、乳の弧を長々と描き、用を足した。「生娘だってのに、上等じゃねえか！」こう注釈をつける、皮肉っぽい声がした。

夜になった。船橋は上げられた。錨も引き上げられた。弁護士にとって何とも説明しがたいほど不名誉なことに、大きな帆は急に柔らかく崩れ落ちた。そして反対側から軽くふくらみ始めた。一陣の風が船を沖へ押し出し、かすみのかかったたそがれの中に港の灯を溶けこませてしまった。誰か人がやって来て、帆綱を鉤《かぎ》にくくりつけてくれた。こうして弁護士はお役ご免になり、旅の仲間や、周りで起きていることを少しは眺められるようになった。

船室には息子以外の全員が集まっていた。

「本船はフリゲート艦である」船長はこう言いきった。

「スクーナーでも、ブリガンティーンでもない」水夫長と紐の水夫が同時に答えた。

「おまえは関係のないことに口をさしはさむな」船長は紐の水夫に向かって怒りながら言った。

「当直の番に当たっていることを考えろ」紐の水夫は扉を叩きつけて出て行った。「散弾は舵につけ！」船長はさらに命令を下した。散弾の水夫もやはり外に出て行った。双方とも左手に自らを特徴づける品物を持っていた。

「本船はフリゲート艦なのだ」

「仰せの通りにいたしましょう、船長」水夫長が締めくくった。

弁護士はその時になって、手を背中でしばられ、足もしばられたルクレツィアが、片隅に横たえられているのに気づいた。むき出しにされた両の乳房からは、まだ乳があふれ出ており、床に小さな池を作って流れていた。

「ただではすまないわよ」ルクレツィアは言った。「父さんのグリウヴォット上院議員がきっと助けに来てくれるはずだわ。なわを解きなさい、卑怯者！」

「こりゃ乳を出す生娘だ、水を入れたら乳色に濁るアニス酒みたいじゃないか」船長がこう言うと、みなが笑った。「べっぴんさん、今にグローヴィオが来るから、話しあうといい。わしらは関係ない」

「少しは私に気をつかってよ。乳がどれだけ流れ出してるか見えないの」娘は怒りにとらわれ、力をこめて身をよじった。

甲板にコルネットのけたたましい音が響いた。船室では全員が立ち上がると、「さてと、やって来た」とつぶやきながら、顔をひきしめて敬意を面に出した。娘は一瞬、不安げに口をつぐんだ。外のコルネットは軍隊礼を甲高い音で吹き続けた。階段の頂上にある扉が開くと、息子が、音楽が響き渡る中に、支配者特有の無表情な顔つきをして姿を現わしたのが、弁護士の目にとまった。息子は一瞬立ち止まり、その場にいるものを見つめると、階段をのしのしと踏みしめて降りて来た。大きな銀の留め金のついた、ぴかぴかの革の長靴をはき、その上端が末広がりになって、股のつけねまで届いていた。半ズボンと長靴の折り返しの間には、裸のももが一部分見えた。へそまで襟が切ってある軽い絹のチュニカが、肩と上腕をおおっていたが、腕の残りの部分はむき出しになっていた。胴には金色の幅広の帯が巻かれ、短剣が一本、ピストルが二丁、差しこんであった。右の手首には乗馬用の鞭が下がっていた。

息子の何と変ってしまったことか！　弁護士は息子だとはまったく分らなかった。弁護士は息子のたくましい腕と、特に縮れた小さな口髭に衝撃を受けた。そして、本当のことを言うと、耳に下がった金の耳輪や軽くカールした髪にも衝撃を受けた。

「偉大なるグローヴィオよ」船長は腰をかがめながら言った。「娘が……」

「私は以前、称号で呼ぶよう、お願いしたはずです」若者は丁寧で、冷たく、おどしのきいた口調で、低くささやくように言った。「おまけに、響きが悪いと思いませんか？」

「高貴なるヴァリアーゴよ」船長は言い直した。「私の無知にお許しを……娘が……」

「またか、どの娘かね？」ヴァリアーゴは船長の言葉をさえぎった。彼は声を落としてしゃべったので、相手は聞きとるのに体を伸ばさねばならなかった。

船長はルクレツィアを指した。彼女は捕えられた野獣のように、床から憎しみをこめて新たな来訪者を見上げていた。

「よし、よし」ヴァリアーゴは悪魔のような笑みを浮かべ、ルクレツィアにむきなおって言った。

「娘よ、私が分るかね?」

「ロベルト! ロベルト・コラカリーナ! あなただわ!」ルクレツィアは不意に叫びたてた。

「ああ、神さま!……」胸からどくどくと流れ出た乳のため、彼女の全身は激しく震えた。彼女は弱々しく咳き込むと、倒れて頰を床に打ちつけた。船室の真中に腕を組んでじっと立っていたヴァリアーゴは、静かに、冷たく言い放った。

「そう、その人だ! ひそかにおまえを熱愛しながら、おまえやおまえの女友達にいつも嘲笑われていたあの臆病な若者だ。おまえは知っていた、彼の心を見抜いていた、にもかかわらず苦しませようともてあそんでいたのだ。よろしい、前もって注意しておこう。ここでは事態は多少違っている。わがままを引っこめて、おとなしくしなければならないぞ」

娘は答えずに全身を震わせていた。そしてそのあげく泣き出した。「私の父さんが、父さんのグリウヴォット上院議員が……」

「あなたの父上のグリウヴォット上院議員は」とヴァリアーゴはやり返した。「今ここからちょうど三一八マイル風下にいる。これをよく頭に入れておきなさい。よい子にしているなら、何の不自由もない。そうすべきなんだ」彼は自分に言いきかせるように言い添えた。それから体をかがめて、娘の乳首を調べた。娘は抵抗しようとした。

「じっとするんだ」ヴァリアーゴは威厳たっぷりに言った。「蛇だ」彼は船長をふり返って言った。船長はキャビネットに駆け寄ると、中から小さな籠を取り出した。「すぐに開けなさい」船長はためらった。「開けなさいと言っただろう」ヴァリアーゴは声を低めて繰り返した。船長は籠の蓋を持ち上げた。水夫たちはうろたえて、階段に殺到した。「どこへ行くんだ、畜生ども！」ヴァリアーゴは険しい目つきで水夫たちをその場に釘づけにした。

蛇が二匹籠からゆらゆら鎌首をもたげると、床の上にすべり落ち、じっと立ちすくむ弁護士の足もとで、方向を定めるかのように頭を動かすと、娘のほうにまっすぐ向かった。蛇はそれぞれ娘の乳首にかじりつくと、そのまま乳を吸い始めた。

長い十分間が沈黙のうちに過ぎた。ルクレツィアはあえぎ、苦痛かあるいは快楽に、激しくもだえているようだった。やがて血の気の失せた唇を半開きにしたまま目を開けると、夢から覚めたかのように、ぼんやりとあたりを見回し、大きく息をして胸をふくらませた。蛇の尾はその動きにつれて床の上をすべった。危機は過ぎ去った。

「そいつらを捨ててしまえ」ヴァリアーゴは命じた。マカロニの水夫が火ばさみで身を固めて近づいた。蛇は乳房から離れようとしなかったが、ようやく、蛭《ひる》のようにおぞましくふくれ上がった体が引き離された。「海に投げ捨てろ」

だがルクレッツィアの乳房の先の薔薇色の微妙な部分に、小さな円形が、真赤な光背のように残ってしまった。しかし乳はもう流れ出なくなった。

「ずっと気分がいいでしょう?」ヴァリアーゴは身をかがめ、いたわるように言った。

「ああ、いとしい人!」女は小声で言った。

「いましめを解け」ヴァリアーゴはそれを聞いて叫んだ。「いましめを解くんだ。女王のように着飾らせて、サルガッシの船室へ連れて行け!」

「ああ、何よ!」ルクレッツィアは怒って言い返した。「あなたに言ったとでも思っているの?ご主人様、あなたは間違ってらっしゃるわ。いとしいロベルト、髪をぺったりなでつけ、はき古しのズボンをはき、襟に頭垢《ふけ》をいっぱいつけたあなたは、ひどくびくびくしたご様子ね! 何てこと、もっと勇気を出しなさい! あの士官がどうやってかかとを打ちつけるか、よく見ることね。ジュセッピーナだったらあなたを嫌わないでしょう、保証するわ、でも、そうね、もっと爪を手入れして、楽しいお話の練習をしなくてはいけないわね……」娘は言葉を切って、ヒステリックな笑いを爆発させた。うわごとを言っているようだった。

「そのままにしておけ。見ていろ、きっと考えを変えるから」ヴァリアーゴは腹立たしげに言うと、コルネットの礼奏を受けて出て行った。

弁護士も、他の男たちも出て行った。中には船形帽の男たちだけが見張りに残った。

船は帆をすべて掲げて、静まった波の上を素晴らしい速度ですべっていった。船首ではランタンの黄色い光のもとで、ヴァリアーゴがもつれた横静索の上に坐り、遠くを見つめていた。そしてその彼を部下たちがとりまいていた。海の胸から大きな月が昇ってきた。夜は暖かだった。

「みなここへ来い」ヴァリアーゴは我に返って言った。「きれいな夜だし、ぶどう酒も星もある。言うなれば、星のぶどう酒だ」彼はうれしそうにつけ加えた。「何たる形容だ！」紐の水夫は不満げにつぶやいた。

「みなここへ来い、飲んだり歌ったりしたいんだ。女を外へ連れ出せ」船形帽の二人はルクレツィアを連れて仲間に加わった。彼女にもぶどう酒が注がれた。ルクレツィアは激しく暴れながら泣きじゃくり、何かとぎれとぎれつぶやいていた。

「ロベルト、身だしなみに気をつけたらどうなの、あなたなんか嫌いよ。襟の頭垢《ふけ》がたまらないやなの、あなたは水色でもないし、透明でもないわ。あなたなんか嫌い。彼を愛してるの」

靴の鋲がかがみこんで弁護士に説明した。「たぶんうじ虫のことを言ってるんだ」

ヴァリアーゴは怒りに青ざめ、立ち上がった。みな彼のほうを向いた。

「娘よ」彼はいつもの声音で冷たく言い放った。「足の間に綱を通し、前檣の横木に裸のままぶらさげることもできるのだぞ。綱の端を強く引けば肉を切ることもでき、下に寝て、おまえの血をこの顔に受けることだってできるのだ……」

彼は話しながら自制心を取り戻していった。同時にルクレツィアも意識と力を取り戻した。

「それならやってみるがいいわ」彼女は叫んだ。「あなたなんか嫌いで、彼を愛してるのよ。でも今ではもう分っているでしょう」

「よし、よし」ヴァリアーゴは言った。「手荒なことはよして、少し友達としておしゃべりしたいものだね。今年は寄宿学校で何を教わったのかな？　地理、フランス語、刺繍、それともフェンシングかな？」

「時間のむだよ」

「いや、違うな、聞きたまえ。きみは『ゴキブリの海』のことを全然知らないだろう」

「全然知らないわけでもないわ」娘は無邪気に言い返した。

「それじゃ、どういうものだか言ってみたまえ」

「ゴキブリがたくさんいる海よ」簡単な答だった。

「どこにあるのかな？」

「誰も行ったことがないのよ」

「よろしい。ところが我々はその『ゴキブリの海』めざして航海しているのだよ。グリウヴォット上院議員があそこまで救いに来るとまだお思いですかね？」

「父ならきっとそこにも来る方法を見つけるわ」

「分った。それじゃ、ゴキブリはお嫌いですかな?」

「全然平気よ」しかしながら、あごの震えが娘の感情の乱れを示してしまった。

「それはいずれ見てみることにしよう」

「ロベルト、聞いてよ……」

「私は高貴なるヴァリアーゴだ!」

「ロベルト・コラカリーナ、聞いてちょうだい。陽は昇り、沈み、空は暗くなり、黒く染まり、雨を降らせるわ。それでも私はいつも目の前に透明な水色を、光り輝く淡い水色を見ているの。私の体にお望みのことをするがいいわ」こう言いながら、ルクレツィアは体にまとっていたわずかな衣服を引きちぎり、すらりとした輝くような裸身をみせた。

「ミイラめ、でくのぼうどもめ!」ヴァリアーゴはどなった。「飲んで歌えと言っただろうが」マカロニはバルベリーア・アコーディオンを広げると、咳ばらいをして、渋い声で歌い始めた。

この世にゴキブリが一匹いたとさ、
餓鬼の頃から正真正銘のゴキブリで……

「犬め、そんな歌は悪魔に食われろ! 娘よ、おまえが歌うがいい、この月にふさわしい、心に響く歌をな。寄宿学校できっと教わっているはずだ！」

「そんなことするくらいなら、舌を抜かれるほうがましだわ」

「そういう言い方をするなら、行儀がよくなるようなことを言ってやろう！」ヴァリアーゴは娘の耳に何ごとかささやいた。

「嘘だわ！」娘は叫び声をあげた。

「見てるがいい。かかとで踏みつぶしてやる」

「あなたたちは彼にみな殺しにされるわ」

「やつが？　あの小さなうじ虫が？　父さん、服を脱いで」

船形帽の男たちは弁護士にとびかかると、服を脱がせた。弁護士はパンツとシャツだけにされ、片隅で恥ずかしさに震えていた。「ズボンだ」ヴァリアーゴはこう命令すると、ズボンの折り返しを注意深く探って、水色で透明な小さなうじ虫を引っぱり出した。「この中に隠れていることは分っていたんだ」彼はあざけるような口調で言った。「よく聞くんだ、娘。歌を歌わないなら、今こいつを殺すぞ。指でつぶしてやる」

ヴァリアーゴの親指と人指し指にはさまれたうじ虫は、さげすみの沈黙を選んでいた。だがその小さな頭は、敵に向かって威しつけるようにもたげられていた。女はうじ虫を助けようと飛びかからんばかりだった。「いとしい人。またあなたに会えたわ、きっと私を助けてくれるわね！

「……」
「私の船室で、上にコップを伏せておけ」ヴァリアーゴは命令した。「さあ、注目だ！　おまえの番だぞ、娘」
ルクレツィアは初めは震え声だったが、少しずつ落ち着きを取り戻して歌った。

泉を一つ知っているわ、
運の薄い人のために、
小さな樺の木が生え、
月の塵が散りばめられている。

「こいつは素晴らしい出だしだ！」散弾がどなった。

秘密の洞窟に
セイレーンが住んでいる
その歌の調べで、昔の苦しみも
みな流れて消える。

はるかに海を越えた
大草原の真中で
泉が蜃気楼をほどいて見せる
歩み来たるものに。

これはやさしいおとぎ話、
分る人のためになる、
だから娼婦はみな
ペ＊＊で髪を飾る。

一瞬、静けさが訪れた。誰もが月に輝く海を見つめていた……

「ルクレツィア、ルクレツィア！」ようやくヴァリアーゴが、ため息をもらすようにやさしく言った。

「感動なんかしないで、ロベルト・コラカリーナ。歌の最後の部分はあなたのためなのよ！」

女はばかにしたように叫んだ。

「ぶどう酒だ、ぶどう酒だ、歌ってくれ、お願いだから！」ヴァリアーゴはもう一度叫び、水夫たちは騒ぎだした。「女を船室の恋人のもとへ連れてゆけ！　コップを持ち上げないように注意するんだぞ！」

船は船足をゆるめた。水平線には、山上の天然の堡塁か、大洋上の砦に見まがえるような、途方もなく大きい奇妙な影が浮き出ていた。「ブランデブルゴです」船長は言った。「停泊しますか？」

「気でも狂ったのか？」ヴァリアーゴは答えた。「船首の三角帆を上げろ、満帆で離れるんだ」

「お望み通りに」船長と水夫たちは停泊しないことに不満そうだった。

弁護士は舷側に近づいた。月光に照らされて、海岸線に巨大な建物が立ち並ぶ、おぞましい雰囲気の町が、海に向かって階段状に作られているのが見えた。他の町と同じように、家、広場、道路、塔などがあるのだが、あらゆるものが途方もなく大きくて重々しかった。今まで見たこともないような、恐ろしいほどの大きさだった。青白い光をはねかえす壮大な建物の間には、黒い道路がタールのように闇を澱《よど》ませ、広場が底なしの淵のように暗く穴を開けていた。すべてが静まり返っていた。人影はおろか、灯も、生き物の気配もなかった。わずかに、大きな泉がいくつか、段差を越えて地上を走る水路で結ばれ、冷たい水音を響かせているだけだった。だがその静けさは威嚇するような静けさで、いつ何時、命令が、耐え難い言葉が割れんばかりに響いてもおかしくなかった。その町は傲岸な歩哨のように海上高くそびえていた。

弁護士はいまだかつて目にしたことのないその大きさに圧倒され、めまいと、際限のない恐怖にとらわれた。船長が近づいてきて、物思いに沈みながらつぶやいた。「海の巨人、ブランデブルゴですよ。水夫たちはアルマジロ女がいるので上陸したがったのです。あの見捨てられた町の地下に、男の全身を包みこんで抱擁する女たちが住んでいるんです。本当ですとも。分りませんか？　わらじ虫か、針ねずみ、それと蟻を思い浮かべて下さい。わらじ虫が丸くなれば、その腹と胸で蟻をすっぽりと包みこむことができるでしょう。蟻が男で、女がわらじ虫、つまりアルマジロ女っていうわけです。全身が柔らかく暖かな女のひだに息も詰まるほど包みこまれるのは、ある場合にはすこぶるつきの好都合ですとも！　……そう、私も若い時は……ブランデブルゴ、『ゴキブリの海』への最後の砦です」船長はまた思いに沈んだ様子に戻って、言葉を切った。

月は雲に身を隠し、町は闇に沈んだ。酔っ払った水夫たちは甲板に横になり、弁護士もそれにならった。ヴァリアーゴはハッチの中に姿を消し、船には沈黙が舞い降りた。ただ横木に下がった小さな灯だけが、水夫たちのいびきが響く中で、舵を交代した鋲の不満げな顔を照らし出していた。

大船室では、ルクレツィアがまだ起きていた。彼女は眠たげな水夫長に見張られていたが、船長のテーブルの航海図上でコップをかぶせられているうじ虫に、何とか連絡をつけようとしていた。だがうじ虫は思いにふけっているらしく、小さな頭をもたげたまま、彼女のはるか後方を見つめていた。ルクレツィアは手のひら全体でコップをなで、ほおを寄せて、ガラスに涙のしずくを落とした。うじ虫の男らしい態度は結局、正しかった。その牢獄の壁ごしには通信はまったく不可能で、彼の甲高いキーキー声も愛する女までは届かなかったからだ。

「水夫長」と娘は呼びかけた。「コップを持ち上げさせてちょうだい、この人を自由にするために。そうしたら私を好きにしていいわ」こう言いながら、彼女は赤い輪形がついた乳房を片方、手で持ちあげた。だがもうおいぼれた水夫長にはききめがなかった。

油のように凪《な》いだ海に夜明けが訪れた。海面には長い海草が漂っていた。大気は澄み渡り、暑くなり始めた。海水は透明だったから、緑色の水のかたまりを通して、足元の驚くほどの深さまで、ぎざぎざの海底を見通すことができた。船は宙に吊り下げられたかのように、目のくらむような深淵の上を漂っていた。すると弁護士は、海底から光り輝く小さな点が離れ、こちらめざして垂直に浮かび上がって来るのを見ることができた。海面に達しないうちに、その小さな点は巨大なくらげであるのが分った。くらげは海面近くに浮かび上がると、体を斜めにしたまま潮の流れに身をまかせた。だが海と空には、その他に生き物の影はなかった。

昼ごろだったろうか、蒸し暑さが耐え難いまでになった時、低い土地が、島が、見え始めた。

「着いたぞ、準備しろ」船首に立って見張りをしていたヴァリアーゴが言った。

「あの小さな島が『ゴキブリの海』への入口なんです」親切にも船長が弁護士に説明してくれた。「いまに分るでしょう」

彩色を施した大きなカヌーが一艘、裸の男たちを満載して島からやってきた。男たちの肌は、熱帯の太陽に焼かれているにもかかわらず、まぶしいような白さを保っていた。だが男たちはみな弱々しく、青白くて、骨が浮き出し、わずかばかりの筋肉もぶよぶよしているようだった。酋長と思える男がなわばしごを伝って上船し、甲板をぎこちない足どりで歩いて来た。服といえるものは、女給のかぶるような白い布製の帽子を頭にかぶっているだけだった。汗だらけの顔は黄色味を帯びて青白く、頭にぴったりとくっついたくせのない髪は、首まで垂れる総髪になっていた。視線の定まらない憂鬱そうな目の下には、黒いくまが深く刻まれていた。男は知らない言葉で、二言三言話した。

「物を与えろ」ヴァリアーゴは部下に命じた。

水夫たちは一人ずつ進み出て、その新来者に紐、靴の鋲、マカロニ……と、それぞれ自分の物を与えた。男は物をもらうたびに腕を空に上げ、おそらく神をたたえているのだろう、何ごとかをつぶやいた。すべてを受け取ると男は深くお辞儀をし、海に向かって大きく手を動かした。通行は自由だ、と言っているらしかった。男は立ち去りながら、カヌーの男たちに何か、舷側の高みから叫んだ。男たちはたちまち有頂天になった。酋長が降りてゆくと一人一人が品物に触れたがり、みながみな我を忘れて、狂ったように喜びを表わした。大勢の男が海に飛びこむと、わめきちらしながら、岸にむかうカヌーにつきそって泳いでいった。

「終ったぞ、綱をひけ」ヴァリアーゴは命令を下した。弱い風を集めるために、帆がすべて張られ、船は島の先端を迂回する準備を整えた。

「位置につけ」ヴァリアーゴは再度命令した。船長はその命令を大声で復唱した。

「注意しろ、我々は『ゴキブリの海』に入ったぞ」ヴァリアーゴは付け加えた。「娘とうじ虫を甲板に連れてこい！」

船長は操船を注意深く監督しながら、長いパイプに火をつけ、弁護士を振り返った。弁護士は、仕事に忙しい上半身裸のたくましい水夫の中にあって、仕事もなく、パンツ姿のままで、かなりみじめな様子をしていた。だが、たまたまそうなればこそ、年老いた海の狼のあわれみをかきたてたのだろう。

「ところで、頭垢人《ふけ》たちはどうでしたかな？」

「何ですか？」

「あの男たちは頭垢族のものですよ、男だけしかいない部族です、お分りでしょう。しかし、誤解には気をつけて下さい、彼らはそうした罪はすべて、死によって罰するのですから。むしろ……要するに理解しあえましたね。彼らは三十年ごとに遠征を行い、一番近い島から女をさらってきます。もっとも、カヌーで六日間もかかる島ですがね。女は十三歳を越えてはいけません。お分りでしょうが、女はもちろんかなり丁重に扱われます。でも四十人子供を生んだら、野蛮にも殺されます。でもこんなことしているから彼らも滅びる運命にあるのです。というのも、この間の遠征で石女《うまずめ》をつかまえてしまい、もう七十歳にもなるのに、まだ子供を生まそうと競いあっているのですから」船長は情報を正確に伝えすぎたと思い、話を急いだ。「少なくともこういう噂なのです。この部族は『ゴキブリの海』の入口を守っていますから、中に入りたいものは誰でも、彼らと話をつけなければなりません。それというのも」と船長は声を低めて、「彼らは草の煎じ汁を海に投げこんで、ゴキブリを酔わせ、兇暴にする方法を知っているからなのです」

「あ、あ、それじゃあなたは……」弁護士はどもりながら言った。「『ゴキブリの海』に行ったことがないのですか?」

「何ですって! 何回もありますよ!」

「それは……その……恐ろしいところですか?」

「もちろん、恐ろしくなどありませんね」

だがこう言いながらも船長は目を見開き、唾を飲みこみ、吐き気をこらえるような喉音を出し、目をむいたまま、龍骨にあたる波しぶきを見つめていた。

「見て、見て下さい……あそこ……あそこを!」

船が引き起こす小さな波に揺られて、大きなゴキブリが数匹、海面を眠たげに漂っていた。その向こう側にもまた別のゴキブリが漂い、開けた海面の方角は、そいつでびっしりと埋められ、熱帯の午後の太陽に照らされて黒光りしていた。

船長と弁護士は、舷側の片側から反対側へと狂ったように走った。二人は船首へ走った。そこで目に映ったのは異様な光景だった。船はもうほとんどゴキブリに取り囲まれていた。焼けるような天宮の下に、島影一つ見えない海が目の届く限り、インクのように黒く見え、不吉な輝きを放っていたのだった。無数のゴキブリが、海面を隅から隅まで、下の水も見えないほどびっしりとおおい尽くしていた。あたりがしんと静まりかえっているので、ゴキブリが舳先にあたる乾いた音がはっきりと聞こえてきた。船はのろのろと、かろうじて進んでいた。だが開けた航跡はすぐさまゴキブリに埋め尽くされた。

船長はゴキブリを近くから見ようと、狂ったように下の船室に走った。「こっちだ、こっちだ」船長は出会った水夫たちに叫んだ。「こっちへ来い、見てみろ、このいやらしい虫を殺さなければ！……」

ゴキブリに大小はあったが、ほとんどは普通の大きさで、地上のものとさほど変りはなかった。だが体の後部はずっともろそうで、溝が何本か走っていた。波に揺られるたびに、ゴキブリの長い触角は弱々しく震えた。船長は再び甲板に走り出て叫んだ。

「犬畜生どもめ、何とかせにゃならんぞ、いいか、殺すんだ……」

だがヴァリアーゴが追いかけてきて、船長の手首をつかんだ。

「ほら吹きの犬野郎め」彼は耳を聾さんばかりにどなった。「これがおまえの勇気か？」

他の水夫たちも駆けつけてきた。みな震え上がり、歯を鳴らしているものさえいた。

「おれたちがあんたについてこの海を進むなんて思ってるんだったら……」一人の水夫が勇気をふるい起こして言った。

「上等だ、役立たずどもめ、私のパンをただ食いしようというんだな！　島には行きたいくせに、ちっぽけなゴキブリを少し見ただけで震え上がるのか？」

「何か追い払う手だては考えましょうや」別の水夫が提案した。

「ずるいやつらめ！　ゴキブリを怒らせ、向かってこさせておいて、あのむしずの走る腹につぶさせ窒息させようというんだな？」

「おれたちは……おれたちは……」全員が口を開いた。「帰りたいんだ。もう島なんかどうでもいい。この海から出たいんだ。何としてでも。必要なら、あんたの死骸を乗り越えてでもな」水夫たちは脅すように前に進んできた。船は、誰も舵輪を握るものがいないため、恐ろしいほど傾き、ゴキブリたちを少なからずあわてさせた。

「ああ、そうなのか？」ヴァリアーゴは割れんばかりの声を出した。そしてベルトからピストルを二丁、素早く抜き出した。「島には行くし、おまえたちも連れてゆく、望むと望むまいとにかかわらずだ。位置につけ、命令だぞ、命が惜しかったら一所懸命やるんだ！　こうなったら、進むも退くも同じことだ」事実、通ってきた海にはゴキブリがびっしりとひしめき、水平線のぐるり全体があますところなく真黒になっていた。

この時、船尾のほうであわてふためく足音とわめき声がした。船形帽の一人が駆け寄って来た。「高貴なるヴァリアーゴよ、うじ虫が逃げました！」事実、甲板にコップを伏せられていた囚人は、どさくさにまぎれ、二枚の板の継ぎ目を通ってこっそり逃げ出したらしかった。

ヴァリアーゴは全員を従えて船尾に走った。逃亡者はすぐには見つからなかった。だが甲板をよろよろと這い進み、ハッチに近づこうとしているところを発見された。みながうじ虫に飛びかかった。うじ虫は嵐が襲来したのを感じとると、小さな頭を誇らしげにもたげて振り向いた。水夫たちは本能的に輪を作り、その輪の中で敵同士が顔をつきあわせて向かいあった。

ヴァリアーゴはさげすむように足もとの小さな虫を見おろした。うじ虫のほうも、途方もなく大きな敵を注意深く見つめた。一瞬、沈黙が訪れた。するとうじ虫が心を決めて話し始めた。

「ロベルト・コラカリーナよ」うじ虫は少しも感情を表わさずに、いつもの甲高いキーキー声で言った。「もし私をかかとで踏みつぶすなら、おまえは卑怯者だ。たとえそうしないにしても卑怯者だがな。もっともそうはし得まい、私を恐れているからな。従って、私たちの争いは終るまい。だが今、私は、名誉を重んずる人の例にならって、ある取り決めを提案したい。いいかな。ルクレツィアに選ばせるのだ。彼女を愛することに秀でたものが彼女を得るのだ。どうだ?」

ヴァリアーゴは同じように静かな調子で答えた。「おまえからは、汚いうじ虫のおまえからは、侮辱も提案も受けん。さあこいつにコップをかぶせろ、いや、マッチ箱に入れるんだ。もう逃げはせんだろうから」

水夫たちは、ヴァリアーゴがピストルで脅してやっと散っていった。水夫たちが逆らったのは、今ではただ単にゴキブリが恐いからだけではなかった。挑戦を受けなかったために、首領の権威が大きく揺らいでいたのだ。それに敵をマッチ箱に閉じ込めるなど、この野蛮な山師たちにとってすら、最も卑劣な行為に思えたのだった。

しかしながら避け難いことに、反抗の意志もみなまたたくまに消えてしまった。帰りの道は閉ざされていたから、漂う虫のひしめく中に何としてでも活路を開き、前進する必要があった。神経を張りつめてこの困難な作業をしたため、みなの活力はたちまち失われてしまった。

それから丸一日、乗組員たちは最も苛酷な拷問にさらされた。熱い空気がどんよりと澱み、暑さは耐え難くなった。太陽は真上から光を降らせ、甲板を情容赦なく叩いた。それに加えて、水の貯えが乏しくなってきた。水は配給制になった。水夫たちは裸に近いなりで、日陰になりそうな場所を求め、甲板に体を引きずるまでになった(船室には、文字通り、居ることができなくなった)。

口では何と言おうとも、ルクレツィアのゴキブリへの嫌悪感ははなはだしかった。ゴキブリが漂っているのを見た時、初めは嫌悪のあまり気絶してしまった。やがて意識を取り戻すと、何とか力を回復しようと努め、今は手で目をおおって船尾に横になっていた。あごはがくがく震え、固く閉じられた唇は、逃げ出そうとする生命力を無理矢理抑えつけているように見えた。そして、焼けつくような太陽に照らされた体全体には、熱でもあるかのように時々悪寒が走っていた。ヴァリアーゴは彼女に近づいた。

「ところで娘よ、ゴキブリはどうかね?」

「可愛いわ」ルクレツィアは気力を奮い起こし、目から怒りの炎を発しながら言った。

それほど眠くないゴキブリが何匹か、時々舷側を越えて甲板を静かに散歩していたが、乗組員はみな、仲間を怒らせまいと丁重に扱っていた。ヴァリアーゴはあたりをうろついている一匹をそっとつかまえると、娘に突き出した。娘の顔は赤紫色になり、それから見る見るうちに青くなった。だが彼女は唇をかんで、一言も発しなかった。ヴァリアーゴは虫を顔に今少し近づけると、そっと床に置いた。

「何でもないわ……そん……なに……した……って……どうにもできないわよ」娘は歯を鳴らしながら言った。「ロベルト・コラカリーナ、頭垢《ふけ》だらけの上に、卑怯者でもあるのね。彼が挑戦したのを聞いたわ、それなのにあなたときたら……あなたは……」言葉が混乱して、続けることができなかった。

裸の上半身を汗で光らせた船長が、少し離れたところを、水樽に近づこうと、体を引きずって通り過ぎた。ヴァリアーゴはそれに気づいた。

「あなたはもう配給分を飲んだでしょうが、ここを離れなさい」彼は船長に注意した。

「高貴なるヴァリアーゴよ、喉が焼けそうなのです、死んでしまいます、もし……」

「すぐに離れろ」ヴァリアーゴは手首に下げてある鞭を振り上げて繰り返した。

「それじゃ殺してくれ、でも分って下さい……言っておかねば……娘が正しい！　そう、あなたはうじ虫の挑戦を受けなかった、私は……私たちはもうあなたを信頼しない。私たちは……みな私と同じようにあなたを憎んでいる……」船長は熱に浮かされ、力を出しきって倒れた。

「犬め」ヴァリアーゴは歯をかみしめてこう言うと、崩れ落ちた体を足で押した。だが船長は死人のようだった。

「犬め」ヴァリアーゴはその動かない体に怒りを爆発させた。「こうしたことにまだ首をつっこんでくるんだったら……」それから娘を振り返ると、とまどいながら言った。

「ルクレツィア、おまえのためだ。おまえが望むなら受けよう。挑戦は受けたぞ。今すぐにだ」

ルクレツィアはばかにしたように笑った。ヴァリアーゴは、片隅で半ば眠り込んでいた船形帽の一人を突き飛ばして起こし、うじ虫の箱を取って来るように命じた。その時、そよ風が渡ってきた。この風は、不思議な見せ物が始まるという即座に広まった知らせと一緒になって、だらんとした水夫連中に魔法のような活力を与えた。みな奇妙な競技の舞台になる船尾のあたりに集まってきた。

「わしは何としてでも見たいんだよ」食糧係りは楽しむかのように弁護士に言った。「うじ虫が娘とどんな風にするのか。一体うじ虫はどうやって人間の娘を愛せるのかねえ!」

うじ虫は箱から引き出された。

「それで?」うじ虫は軽蔑したように尋ねた。

「それでだ、おまえの挑戦を受けよう。すぐに始める。用意はいいか?」

「いつでもご随意に」

「ルクレツィア、きみはいいかね?」

「ええ」

最初に始めるものがくじで決められた。ヴァリアーゴだった。

彼は娘に近づくと、手始めに髪を軽くなでながら、目蓋にそっと口づけした。その口づけは、ほおから口へと、要所をおさえた情熱的なものになっていった。二人の唇は長い間合わさり、ヴァリアーゴは娘を強く抱き寄せた。彼の力強い手はほとんど女性的とも言える軽さで、脊椎沿いに彼女の肩をゆっくりとなで、娘の優美な体の起伏を味わい、あらゆるところに休息の地を見つけるのだった。やがて彼の口も下がり始め、腋《わき》の下、乳房のつけね、両の乳房、脇腹と味わい、一方その手は、ももやふくらはぎのすんなりした丸みを探り、特にくるぶし、踝骨、小さな足の指の裏側のくぼみをしつこくなでていた。だがこの間中、ルクレツィアは身動きもせずに、冷ややかに横になっていた。男の頭越しに見える彼女の目は、ずっと見開かれたまま薄笑いをたたえ、さげすむような皮肉をひらめかせていた。

やがて二人の体はしっかりとからみあった。というよりはむしろ、ヴァリアーゴが娘に体をぴたりとくっつけ、揺すり、震えさせた。彼の体はとうとう固さを失い、娘の愛らしくきゃしゃな体にぐったりとのしかかった。だがそうなってもまだルクレツィアは、冷たい目つきと顔つきのまま、目をむくでもなしにじっと見開き、冷ややかに横になっていた。その目はヴァリアーゴがくるぶしを愛撫した時にだけ一瞬閉じられたが、すぐに勝ち誇ったように見開かれたのだった。

ヴァリアーゴはよろよろと立ち上がり、気のない手つきで髪をかき上げると片手で口をぬぐい、何か悲しげに言葉をつぶやいたが、誰にも聞こえなかった。「おまえは氷でできているんだ」彼は大声でルクレツィアに言うと、かたわらに退いた。

「そうお思いで、旦那様?」うじ虫が口をさしはさんだ。「いずれにせよ、おめでとうございます。今度は私の番ですな」

「だが……だが……」食糧係りが小声で言った。「悪くはない……」

その場にいあわせたものは注意力を倍加させた。今度こそ本当に見せ物が面白くなった。

うじ虫はルクレツィアめがけて這っていった。彼女は腰をおろしたまま、身動きせず、ひどく真剣な様子で待ち構えていた。うじ虫は足の親指と人指し指の間の溝を登ると、そのまま足を伝っていったが、くるぶしのあたりで立ち止まり、踝骨の先端をまわって、膝のほうに歩みを進めていった。うじ虫はふくらはぎと脛骨の間の小さな谷をためらいもせずに渡り、脚の裏側にまわって、しばらくの間、見物人の目から姿を消した。膝のうしろの、ひかがみ付近のくぼみに止まっていたらしかった。また姿を現わすと、膝頭によじ登り、ようやく平らな部分に出た。だがもは素早く通り過ぎるをよしとしたようだ。道草を食わずに、しゃにむに前進する将軍のようだった。早く上に行くのが大事だ、とでも思っているようだった。事実、腰骨まで達すると、素早く登攀を開始した。その間、娘は腕を体の脇にだらりと投げ出し、頭を少し後ろにそらし、目蓋を閉じていたが、軽くあえいでいた。そしてうじ虫が顔に近づくにつれて、あえぎは少しずつ強まっていった。虫はわざとへそを避け、乳房の間を、言ってみればわき目もふらずに通り、あごに取り付き、一瞬ひっくり返しになってあごの先を乗り越え、やっとほおに出て、それから目のほうに向かった。

ルクレツィアはさらに強く目蓋をあわせた。目蓋の下で眼球が動くのが見えた。「いや……い

や よ……」彼女は静かにつぶやいた。うじ虫は目玉の上に到着すると、立ち止まったり、くぼみに体を埋めたりしながら、その上を這った。「ああ、ああ」ルクレツィアはため息をもらした。うじ虫は鼻梁を乗り越えて、一方からもう一方の目に移動しながら、眼球のまわりを何度も回った。その規則的で確かな動きは見物人を魅了した。誰もがみな、濡れたコップの縁を指でこする時のような、霊妙な響きを聞いたような気がした。その動きが響きのよい音を出しているように思えたのだ。ルクレツィアは軽く眉を寄せて、うめき、うなった。うじ虫はようやく立ち止まると、目蓋をやさしくなぶっているようだった。ルクレツィアが目蓋をかすかに開けると、うじ虫はまつげのつけ根を這い始め、それから目蓋をこじ開けて、目蓋と目の間にもぐりこまんばかりに強く押し戻した。娘の快感は持続し、高まった。うじ虫は目を離れると、半開きの口にやって来た。中に姿を消したが、時々背中の端が見えたので、唇の内側を這いまわりながら歯茎に口づけしているのが分った。時折動きを止め、柔らかな粘膜の上にくつろぐと、ルクレツィアは身もだえして、歩みを促すように指で虚空をつかんだ。

虫は顔を下り始め、こんどは耳の後ろを通って、そこでしばらく止まっていた。それから首を誇らしげにとり巻いている三本のしわを乗り越え、肩胛骨を回りこみ、首のつけねのくぼみを渡って、乳房に向かった。うじ虫はその小さな頭で感じやすい部分を探っているようだった。ルクレツィアのしぐさには何か、うじ虫に左側の乳房を選ばせるものがあった。うじ虫は乳を吸った蛇が残した赤い輪をたどることに専念した。初めはよく計算されたゆるい速度で、それから速度を速め、さらに速めて、渦のようになった。その狂ったような疾走は、あたかもあの蛇の一匹が気を狂わせ、自分の尾を呑みこんでいるかに見えた。

ルクレツィアは快感に燃え尽きて、深いため息をついた。だが、うじ虫は下のほうへと行進を再開した……

すべてが終ると、うじ虫は言った。「どうだね、ロベルト・コラカリーナ、ルクレツィアの意見を訊くまでもないだろう。公正な勝者として、私たちをこの船で安全なところへ連れてゆき、その後で世界中をまわって別の天国を探したまえ」

ヴァリアーゴはぐったりと腰をおろしていた。彼は屈辱的なまでに打ち負かされてしまった。ルクレツィアを失ってしまったいま、島も、他のことも、どれほどの重みがあるだろうか？　彼は坐ったままひどく苦い考えにひたっていたので、答えることもできなかった。だが不意に卑しい考えが、抗し難い卑劣な考えが、脳裏をかすめた。風が落ちて、暑さが耐え難くなってきた。しばらく気をまぎらわされていた水夫たちも、喉のかわきと照りつける太陽の苦しさをまた感じ始めた。しかも目の前に見た不思議な光景のために、その苦痛が耐え難いまでにあおられ、幻覚を見るまでになっていた。

『こんなに苦しむのも愚かなことだ――ヴァリアーゴはこう考えていた――この小さな虫をこ

の世から跡形もなく消すには、ただ足を伸ばしさえすればいいというのに』太陽はぎらぎらと燃え、この誘惑は強すぎた。返事を待っているうじ虫は、目の前の甲板上で小さな頭をもたげていたが、無防備で、透明で、弱々しかった。ヴァリアーゴはそれ以上考えなかった。足を稲妻のように伸ばすと、うじ虫をこするように踏みつぶした。マッチを点けようとして踏みつける時と同じだった、事実、うじ虫は硫黄臭い青白い炎を発して燃え上がり、焼けこげた小さな脱け殻しか残さなかった。

ルクレツィアはしばらくの間、自分の目が信じられなかった。膝をついて、それと気づかぬうちに脱け殻を拾いあげたが、言葉が出てこなかった。

「私はロベルトという人物を見そこなったわ！」彼女はやっと口を切った。「あなたは卑劣にも私の命を殺してしまった。天の呪いが頭上に落ちるといいわ！　生きとし生けるものの憎しみがつきまとうように、どこまでも……」

ヴァリアーゴの背後で上がった荒々しい叫び声が彼女の言葉をさえぎった。ヴァリアーゴは振り向く間もあらばこそ、たくましい四本の腕につかまえられ、その場に抑えつけられてしまった、乗組員が全員、とびかかってきたのだった。

「たくさんだ、もうたくさんだ！」水夫たちはものに憑かれたように叫んだ。「もういい！　おまえは高貴なるヴァリアーゴなんかじゃない、ロベルトだ、ロベルト・コラカリーナだ。卑劣漢め、公正な勝ちを収めた敵をだまし討ちで殺したんだ。下劣で弱い男だ、おれたちよりもずっと、ずっと下等だ。おれたちはもうおまえの島なんかどうでもいい、ただ家に帰りたいだけだ」「それにいますぐ娘をものにしたいんだ」他の男たちがこう付け加えた。「娘を満足させることはできるぞ、いいか、おまえたちの愛撫なんか全然なくてもな」

「見てろ」紐がどなった。「おまえのゴキブリをどうしてくれるかを！……」こう言いながら、その気が狂ってしまった男は甲板を静かに歩いていたゴキブリにとびかかり、すぐさま後を追った船長が止めるいとまもあらばこそ、それを荒々しく踏みつぶすと、大きく蹴とばして、小さな死体を海に落としてしまった。甲板には、こってりした白い血が小さなしみを残した。

「何という気違い沙汰だ！」船長は叫んだ。だが男たちはそんな声には耳も貸さずにルクレツィアにとびかかり、彼女を手に入れようと、激しく争い始めた。ヴァリアーゴは何もできずに、その光景を眺めるだけだった。

「愚かものめ！　おまえたちのしわざにゴキブリが怒り狂い、みな殺しにされるぞ」彼はこう言ったが、誰も聞いていなかった。

だが殺された仲間が落ちて来たことは、ゴキブリたちに大きな動揺をまき起こした。ものうげに波に揺られていたその虫たちは、いまでは長い触角をぴくつかせ、体を揺らし、ぶつかりあい、互いに体を乗り越えながら、ごちゃごちゃと船腹をよじ登り始めていた。ようやくそれに気づいたものがいた。そして危機を目の前にして、ヴァリアーゴを自由にし、全員で命を救ってくれるよう彼に頼んだ。

だがもう遅かった。海中に垂れた綱を登ってきたゴキブリが、ぞろぞろ甲板を侵していた。また別のゴキブリたちも、手すりを乗り越えて、先に来たものたちに合流したから、逃げ場がなくなってしまった。恐ろしさに気が狂った男たちがいくら殺してみたところで、少なくともその倍のゴキブリがかわりにやって来た。

「ばかなやつらめ、私たちはおしまいだ！」ヴァリアーゴは叫んだ。「ゴキブリは怒り狂ってしまった、もう誰も助からないぞ！」

わずかの間に甲板はすべてゴキブリでおおわれてしまった。船室に逃げこもうとしたものの背中にも、ゴキブリはハッチからどっとなだれこんだ。多くのものはこうして船倉で死んだ。ゴキブリが隙間という隙間をふさぎ、ゆっくりと侵入してきて、次から次へと積み重なり、ついには人の体を埋め尽くして、外に出られなくしたからだった。甲板にいるものたちは雄々しく戦ったが、少しも効果はなかった。それどころか、彼らの立場はますますあやうくなった。体をよじ登ってくるものを別にしても、ゴキブリは何層にも重なり、いまや膝まで達していた。男たちはかろうじて顔をおおっていたが、それも長くはできそうになかった。この数限りない虫には手の打ちようがなかった。一匹殺すごとに、いたるところから、百、千と現われてきたからだ。ある男は海に身を投げて、侵略者の仲間の間で命を終えた。ゴキブリはあらゆる場所に侵入し、ところかまわずよじ登り、くぼみをすべて埋め尽くし、ロープや幕にぶらさがり、帆を真黒にした。ルクレツィアは船首楼で、できる限り身を守り、防いでいた。だがもう力がなくなってきていた。それに嫌悪感が活力を吸い取り、心を萎えさせて、全身から血を抜き去り、体を崩れ落ちさせんばかりにしていた。すでに脇腹の高さまで積み重なってきたゴキブリは、胸や肩を休みなくよじ登り、髪の中に居を構えて、額にまで出てきた。ももの間にもゴキブリがうごめくのが感じられ、腋の下はゴキブリでいっぱいになり、唇がむりやりこじ開けられて、今にも口の中に入りこまれそうだった……

「もういいわ、たくさんよ、お願いだから!」ルクレツィアは不意に手で顔をおおうと、こう叫び、悪寒に襲われたかのように震えながら、大きくしゃくりあげて泣き始めた。

「もういいってどういうことだい!……」ロベルトは少し出た汗をハンカチでぬぐいながら尋ねた。

「もういいの、誓うわ。そう、あなたが正しいわ、私は悪い女で、意地悪だったの、許してちょうだい。ええ、私はベルナルドなんか愛してないわ、あなたを、高貴なるヴァリアーゴを、私のヴァリアーゴを、私の主人を愛しているの……」

娘はロベルトの肩に頭をもたせかけると、しゃくりあげるのをやめて、静かに泣き始めた。

「許して、許して、あなたの奴隷になるわ……」

「まず第一に、きみにとってぼくはロベルトで、ヴァリアーゴじゃないんだね」若者は幸せに有頂天になり、娘を抱きしめて、冗談を言った。

「いいえ、あなたは私のヴァリアーゴよ、私の主人、ヴァリアーゴだわ……ヴァル、あなたをヴァルと呼ぶわ……」

肘掛椅子に坐っていた弁護士は、深くため息をついて、手の甲で涙をぬぐった。

「ロベルト、私はずっと前から言いたかった……私のおまえへの態度も間違っていたと……私の息子よ、おまえが正しいんだ、いいかね、ずっと前からそう思っていた……いいかい、こうしよう。おまえに毎月あげよう……私があげられるだけのものを、充分にやっていけるだけな、分るだろう。もう心配もなくなるだろう、何もする必要がないんだから……仕事につこうと、つくまいとだ！　おまえはただおまえの小説に打ちこむだけでいい、つまり、思い通りに、好きなように、自分のことにだけ専念できるんだ……ごほん、ごほん……」弁護士は涙を見せまいと、あらぬ方を向いた。「そして結婚の費用は……ごほん……これもできるだけ援助しよう……さあ、許しておくれ、分らなかったんだ……これで幸せになれたかい？」

ロベルトは弁護士の腕の中に飛びこんだ。彼も大いに心を動かされていた。彼はその場をとりつくろうように言った。

「どうもこの話はぼくにはぴったりこないよ。いいかい、何らかの形で救われなければ。ちょうどいま、島に着きそうになっていたのだから……」

「何の島？」ルクレツィアが尋ねた。

「蒼穹をいただいて青い海の上に浮かんでいる島さ。波静かな入り江に入ってゆくんだ、椰子《やし》とオレンジの木、常緑の木々、いつも花開いている草花に囲まれた入り江に……」

「いずれにせよその島には着くんじゃないかしら？」娘は少し顔を赤らめ、視線を落としてロベルトの言葉をさえぎった。

一九三六年

（竹山博英訳）

Il mar delle blatte

狼男のおはなし

　アイツとぼくは月にはがまんができない。月の光に誘われて、きたない亡者どもが墓から出てくるし、ああとりわけ白い布切れを引っ掛けたあの女たちにはたまらない。うすみどりの影が空中にのさばりはじめ、不吉なきいろい煙を立てたりもする。草木の一本一本、生き物の気配、月の夜には何もかもが恐ろしい。なによりいけないのは、ぼくたちもまた、積みわらの後ろのぬかるみのなかを、うめいたり吠えたりしながら、べちゃべちゃころがりはじめることだ。もしそのとき誰かが通りかかりでもしたら！　めくらめっぽう、そいつをばらばらに引き裂いたことだろう。むこうが先手をとって針で一突き、こちらをぐさっとやらないかぎり。そんなときは夜通し、それから翌日になってもぼくたちは、ひどい悪夢から醒めたばかりのようにふらふらしている。要するにアイツとぼくは月にはがまんができない。

ある月の夜、ぼくは台所に座っていた。そこは家のなかでも一番奥まった炉辺で、窓も扉も隙間という隙間はみんな閉めきって、外にあふれかえっている光が一筋も洩れてこないように気をつけていた。でもやっぱり何かがからだのなかでうずいているようで変な気分だった。とそのとき扉をあけてアイツが突然飛び込んできた。大きな丸いものを手に持って。豚の膀胱《ぼうこう》に似ていたけれどももっときらきらと光っていた。じっと見ていると、電灯がちらちらするように時々ぴくりとする。細い血管が透けて見えるような皮膚には、七色のくらげが色を変えるように、真珠母の光が軽い反射を返していた。

——何だいそれは？——まるで磁石に引きつけられるように、丸いものの姿というかその様子に魅せられて、ぼくは声をあげた。

——わからないかい？　やっとこいつを捕まえたんだ……——アイツはにやにやしながらぼくを見返した。

——月だ！——とぼくは叫び、アイツは黙ってうなずいた。

身の毛もよだつ思いにぼくたちは圧倒されていた。月はといえば、アイツの指のあいだからぽたぽたとガラスの汗を滴らせている。アイツはそれを下に置こうともしなかった。

——あそこの隅っこにでも置きなよ！　それからなんとかして殺してしまおう！——

——だめだ——とアイツは顔をこわばらせて言い放つと、突然早口に話しはじめた。——聞きなよ。ちょっとでも手を離そうものなら、このいやらしいヤツは空に戻ろうとして何をしでかすかわからない（ぼくたちや他のみんなを苦しめるようなことをさ）。こいつはそんなふうにしかできないんだ。まるで子供らの風船そっくり。実際、逃げ道を探そうともしないだろう。いつもまっすぐ、ばかみたいに、めくらのように。ぼくたちを無理矢理動かしている月だけど、こいつもまたどうしようもない力に逆らえないだけなんだ。ぼくの考えを言おうか。煙突の下から放してやろう。こいつ自身はともかく、あの不吉な光はなんとかできるんじゃないかな。きっと煙突掃除のおじさんみたいに煤《すす》でまっくろになって出てくるよ。他のやり方はないと思う。殺してしまおうなんて、水銀の涙を踏みつぶそうとするのと同じことさ——

こうして、ぼくたちは月を煙突の下に持っていった。すると月は花火のように昇って行き、煙突の中に消えた。

——ああ、ほっとした！　ヤツを押さえつけているのはどんなに大変だったか！　あんなに大きくてぬるぬるしてて！　どうかうまくいきますように——とアイツは言って、べとべとした手を気持ち悪そうに眺めていた。

上の方からは、うめき声のような音、ホコリダケを突っついた時に出るシューッという音、しまいにはため息まで聞こえてきた。たぶん月だ。煙突のくびれをなかなか通り抜けられないらしい。あえいでいるようだった。たぶん、通る時に月の柔らかいからだは、押しつけられて歪んでしまったにちがいない。汚れた水滴が落ちてきて火にはぜ、煙突が塞《ふさ》がっているので台所は煙でいっぱいになった。それからとうとう、煙突は再び煙を吸い込みはじめた。

外に走り出ると、氷のように冷たい風が澄んだ大気を吹き払い、星々が鮮やかにきらめいて、月の影さえ見えなかった。ばんざあい、やった！　とぼくたちは我を忘れて叫び、抱き合って喜んだ。でもひょっとして、月はまだぼくの煙突に潜んでいるのじゃないかしら、という疑いが頭をかすめた。アイツはそんなことは絶対にありえないと請け合ったけれど、ふたりとも確かめに見に行く勇気はないのだった。こうしてぼくたちは外で喜びに浸っていた。ひとりになると、ぼくは用心深く火に毒をくべ、煙で消毒してようやく落ち着いた気持ちになった。あの夜、嬉しさのあまりぼくたちは、庭のぬかるみのなかを少しばかりころがって遊んだものだ。強いられてそうしたのではなく、ほとんどこれ見よがしに無邪気にじゃれあうように。

何か月のもあいだ、月は空に姿を見せず、ぼくたちは自由で心も軽かった。ほんとうに自由というわけではなかったが、悲しい怒りからは解き放たれて満足していた。確かに自由とは言えなかった。月は空にいなかったのではなく、ちゃんとそこにいてぼくたちを眺めているのが感じられたのだから。ただ単に煤でまっくろになってしまったので、姿を現わしてぼくたちを苦しめることができなかったのだ。まるで、夕方から明け方にかけて空を逆に横切った、太古の黒い夜の太陽のようだった。

実際、あの夜のみじめな喜びも長くは続かなかった。月が再び現われたのだ。くすんで形も欠け、ほとんど見えないくらい黒かったけれど、月が本当はいることを知っているぼくとアイツの目にはごまかしようもなかった。月は復讐の思いをこめて、空から暗い眼差しをぼくたちに向けていた。煙突のくびれを無理矢理通ったときに、ひどくからだを傷つけたらしかった。ともかく空の風に吹かれながら天を歩みつづけるうちに、月はだんだんと煤を払いおとし、世界を巡るたびに柔らかいからだは元どおりになっていった。長いあいだまるで月蝕状態だったけれど、日々少しずつ明るくなり、とうとう誰の目にも見えるようになった。そしてぼくたちはまたぬかるみのなかをころがりはじめた。

だけど復讐はなかったのさ。月はそれを望んでいるように見えたけれど。つまるところ、思っていたより悪いヤツじゃなかったんだ。悪意があるというより馬鹿なだけなんだ。たぶんね！要するに月自身には何の罪も責任もなく、ぼくたちがそうであるように、これも月に与えられた宿命にすぎないと信じたい。アイツは弁解の余地はないって言うけれども。

こうしてともかく君たちに言えるのは、月にはどうしようもないってことだけさ。

（柱本元彦訳）

Il racconto del lupo mannaro

剣

　ある夜、レナート・ディ・ペスコジャントゥルコ＝ロンジーノは、一族に伝わる遺産を掘りかえしていた……。もっともこの遺産というものが、おおよそどんなものであったかは言っておく必要がある。ペスコジャントゥルコ＝ロンジーノ家の人々は、十字軍に従軍した祖先の面々を除けば、皆といってよいほど（いわゆる）堅実な性質で、自身や家族の財産の管理に余念なく生を送ったものだった。すなわちレナートの父親に到るまでは。一連の教訓的な祖先とかれの息子とをつなぐ鎖の輪が、今は亡きこの父親だった。かれの息子は、ひとことで言うと、役立たずの気紛れな夢想家で、極めて繊細かつ無上の怠け者、つまり憂鬱な浪費家だった。要するにこの華麗なる一族の運命は、かれを最後の末裔として完全な破滅に向かっているように見えた。かれのような人物が一人でも現われたが最後、どんな名家も壊滅的な打撃を受けたにちがいない。先に触れたような莫大な財産が、一瞬のうちに潰《つい》え果て、哀れな貧困に落ち込んでゆくのは、見るも不思議なことだったが、わずか二代でこうなってしまったのだ。レナートに残された伝来の遺産と言っても、屋根裏に散らかる輝かしいがらくたのあれこれを除けば、もはや屋敷以外には何もなかったのである。その屋敷のなかでレナートは窮乏に耐えながら暮らしていた、と述べて前置きを切り上げることにしよう。

その夜、うずたかく積まれた埃《ほこり》まみれの武器や馬具といった過去の遺物のなかから、かれは鞘《さや》に入った一振りの剣を引き出した。以前に見かけた記憶のないものだった。燭台の明りに照らして見ると、鞘は実に極上の造りであることがわかった。ビロードも亜麻布も最高の品質で、美しい皮の背に鮮やかな彩色があしらわれ、鋲《びょう》や留め金は、時の流れに曇ってはいたが、金か銀の彫り物のようだ。まさに天下の逸品と思われ、レナートは気が高ぶるのを覚えた。いったいどれほどの値打ちがあるのだろうか？　剣を部屋に持ち帰り、ゆっくりと検分してみることにした。

しばらく前から、レナートは奇妙な不安に悩まされていた。わけの分からない胸騒ぎに苦しんでいたのである。なすべき時が来た、こんな状態から抜け出すのだと、混乱した頭で口走ることもあった。ともかく、漠然とした後悔の念の一方では、まるで神意に導かれてようやく宝物に近づいた冒険家が感じるような、不思議な興奮にしばしば浸されていたのだ。実際のところかれには、莫大な富への予感があった。にもかかわらず、それがどんなものなのか、どんな風に扱えばいいのか、まったく見当もつかなかった。かれはこの逸物を手にとって、炉の火にかざしてみた。この時レナートは、熱に冒されたような例の気分に、かつてないほど強くとらえられたのである。

埃を拭き払ってみると、事実、鞘は屋根裏でかいま見た通りのものだった。まさに天下の名剣に相応しい細工！　長い時をくぐり抜け、その光は陰っていたとしても、疑いもなく鋲は純金、鍔《つば》に嵌め込まれた石はトパーズとエメラルドだった。だがレナートはまだ剣を抜き放つのをためらっていた。漠とした恐怖を感じていたのだ。そしてついに、かれは思い切って剣を引き抜いた。

扉の隙間から暗い部屋に伸びた秋の陽射し、部屋の隅に投げ掛けられた鋭い光の矢、あるいは時折ぱっと燃え上がる炎の舌でさえ、目も眩《くら》むようなこの刃に比べると無にも等しかった！　レナートは驚いて眼を細めた。まぶしさに耐えられなかったからだ。だがそのとき、古びた居間にはたいした明りはなかったのである。刃そのものが自ら光を放っているらしかった。時の流れを超越して一点の曇りもない、黄金の葉とでも言えたろう。内部から滲《にじ》み出るような、いわば光り輝く暗がりが（透き通った輝きを少しも曇らせはしないが）、この謎めいた材質をしてトパーズや東洋の貴石を想わせるのでなかったならば。刃は透明だった。レナートは向こうの炉に燃える炎が透けて見えるのに気がついた。炎はわずかに歪んで見えるだけだった。刃は信じられないほど薄く、普通の剣にある刃と峰の区別はおろか、厚みなどまったく存在しないようだ。良質の鋼《はがね》のように硬くしなやかな刃が、これほど薄いとは。焼き入れの技術は如何なるものであったろう。

なまじなことでは折れたり歪んだりしたに違いない。

『なんと！』レナートは声をあげた。そして切れ味を試そうとして、親指を刃に近づけた。と、信じ難いことだった！　爪の先と指の肉の一片が、刃に触れたとも思わぬうちに飛び散ったのだ。感じられないくらいの圧力があったかもしれない。だがもっと正確に言えば、まるで刃は、何も切るものがないかのように爪と指先を通っていったのだ。その時もちろん痛みはなかった。ただレナートが指を動かすや否や、指の一部が剝がれ落ち、焼けつくような痛みを感じたのであった。『なんと！』とレナートは滴る血を拭いながら再び叫んだ。『ほんとうに信じられない切れ味だ！』。

剣を握り直し、もっと硬いもので試すことにした。太い薪の上に当ててみる。薪立てから伸びて炉のなかで赤く燃えている丸太だ。その上に置いたとたん、押さえもしないうちに、薪は刃が切るに従ってすっと裂けていった。剣のわずかな重みで十分だったのだ。炎の光を斜めに反射して剣は紅く輝き、まるで磨き抜かれた銅鏡のようだった。不意にかすかな文字が浮かび上がったように思われた。おそらく焼き入れと同時に刻み込まれたのであろう。刃の中心部に見えた文字は、まるで風のそよぎに陽の光が書き込んだごとく、捉えどころがなかった。レナートは読む。『我、騎士カスタルド・ディ・ペスコジャントゥルコ＝ロンジーノ、オルランドの剣にも優るこの逸物を鍛えし、これより汝に敵はなし』。韻文の一節のような文字は、非常に古風な書体で書かれてあった。

レナートは激しく身震いし、遠い祖先の言葉に挑戦するかのように、薪立ての頭を切りつけた。優美に輝く銅球は、瞬時にして炎のあいだに転がった。それでは、剣は金属さえも物ともしないのだ！　首を切られた薪立てを残し炉辺を後にして、レナートは立ち上がり、剣を振り回しながら古い居間を歩き回った。当たるをかまわず目の前の物に切りかかり、叫び声をあげていたが、それは歓喜と憂鬱に引き裂かれたような言葉であった。『なんということだ、ありとあらゆる宝物に手が届くのだ！　なんと不幸な俺。いま世界は俺の物だ。いったい誰が俺に逆らえるだろう？』。どんな物に打ち当たろうと、太陽の刃は楽々とこれを断ち切り、道を開いて行った。まるで刀の幽霊さながらに剣はあらゆる物を貫いた。傷跡は見えもしなかった。切り口の角度に従って分断された部分の均衡が保たれ、地面に崩れない場合には。しかしたとえ何の跡も見えないとしても、剣は仮借なくこれを切り裂いているのであって、わずかな動き、ほんの一息でも吹きかければ、がらがらと崩れ落ちることは分かっていた。

レナートは叫びながら屋敷のなかを徘徊した。剣を振り回す度に何かがバランスを失って床に倒れる。こうして三つの門の間には、高名な祖先の石像の二つの頭が転がり、何脚かの肘掛椅子の背が大音響を立てて落ち、四体の甲冑の上半身が轟音とともに崩れ、壁龕《へきがん》から伸びた大理石の女性像の手は切り取られ、扉の古い垂れ幕は一瞬にして切り裂かれると腑抜《ふぬ》けのように床に重なった。異様な騒がしさに驚いて、今ではたった一人で屋敷に仕えている老人が扉に現われた。レナートはかれに向かって何か叫び声をあげる。主人が振り回しつづける炎の剣に恐れをなした老人はすぐに引き下がった。

その夜、レナートは抜き身の剣とともに天蓋のある古いベッドに横になった。これが、とかれは考えた、予感していた幸運、何かも知らずに探しつづけた宝物だ。これが長いあいだ待ちつづけた富と幸福なのだ。この剣は物体の内奥の絆《きずな》を魔法のように断ち切り、どんな物をも貫くことができる。この剣でもって何か偉大なことを成し遂げよう。何かはまだ分からないが、ともかく偉大なことを。レナートは眠ろうとしたが、なかなか寝付くことができなかった。命ある剣の存在が密かにかれを苦しめていた。剣は暗闇のなかかれの横で光り輝いていた。

だが神秘の剣に相応しい仕事が見つからないまま日々は過ぎて行った。いったいどうして、このような武器を無用の長物にしておけるだろう。もっとも現実とはとかくこのようなものだ。武器が優れたものであるほど、より大きな課題が必要なのは明らかだ。これはありきたりの剣ではない。だから並みの企てに使うことはできなかった。こうして偉大な計画を考えあぐねながら長い時を過ごし、ささやかな仕事には見向きもしない。しかし遂には小さな機会さえも失ってしまい、要するに何もかも当てがはずれてしまうのである。不承不承ながらレナートは認めねばならなかった。粉砕し根絶やしにすべき敵は自分にはなく、打ち倒すべき怪物も存在しないのだ。それでは剣は何の役に立つというのだろう。奇妙なことだと思う人には、まず実際に自分自身で、この剣に相応しい使い道を想像してもらいたい。剣はレナートを敵から守るどころか、まるでひとつの敵となったかのようだった（後でわかるようにまさにその通りであった！）。たとえ剣を用いることはできなくても、所有する責任は重くのしかかる。これはもの狂おしい経験だ。ほら、とかれはひとりごちたものだ。いまこの手のなかに至高の武器がある。だがどう使えばいいのかわからない、と。こんな思いが、かれにまだ残っていた平和の、最後のひとかけらまで吹き飛ばしてしまった。澄み切った早朝に起きだしては呟《つぶや》く。今日は、今日こそは何かするんだ……何か素晴らしいことを！　しかし朝が午後になり、夜になっても何も変わりはしなかった。剣を手にして散歩に出かけると、夕暮れのそよ風に揺れる純白の百合の花を、一歩ごとに断ち切りながら野原を歩くのだった（まさに次に起こる悲劇の予兆的イメージだ！）。試し切りとばかりに、目の前に現われた二頭の雌牛を真二つにもした。屋敷には、ばらばらになった彫像の頭部や腕や背中、あるいは鎧の兜などが散乱していた。かれにはもう何か他のことを考える余裕すらなかった。剣はすでにかれの敵となり、何というものを相続してしまったのかと悔やまれるほどだった。

ある夜、白い少女が現われた。金髪で眼を見張るほど美しい、葦《あし》のようにしなやかで銀色のポプラのように爽やかな少女だった。真白い厚絹の衣を足元まで垂らし、ほっそりとした胴に高く帯を締め、優しい眼差しでおずおずとかれを見つめた。

——何の用だ？——レナートは少女を見て眉を顰《しか》めた。女は恐る恐る応える——わたしがお気に召さないのはよくわかっています。けれど、貴方なしにはもう生きてゆけないのです。この何日かの間にはっきりとしました。死んでしまう方がましなくらいだと思ったのです——。レナートは命ある剣をつねに傍に置いていたが、このときも、樫の木の大テーブルに横たえてあったのを不意に摑《つか》むと、自分と少女の間に炎の刃を突き立てた。——行ってしまえ！——かれは繰り返す——行け、行くんだ、俺を放っておいてくれ、聞こえないのか？——いいえ、決して行きません——ひるみもせずに少女は言う。ただ剣の輝きに眼を細めただけだった。刃を透かして見る彼女の姿には軽い靄《もや》がかかり、穏やかな水中に泳ぐかのようにかすかに揺れていた。——誰が何と言おうと絶対に行きません。——俺は知らん！　愛なんて糞食らえだ！——レナートは地団駄を踏み、剣を振り回しながら叫んだ。ふと、これが偉大な仕事なのかもしれない、という考えがかれの頭をよぎった。——聞け——と声を和らげて話しはじめた——聞け、少女よ。太陽の金色の光が野に輝いていないとでも言うのか？　森の小鳥たちの歌声も、木の葉の囁《ささや》きも、小川のさざめきも聞こえないと言うのか？　風は山々の間に閉じ込められ、そよとも吹かないと言うつもりなのか？　いったいお前はこの俺と、この梟《ふくろう》の巣で何をしようと言うのだ？——太陽は——と少女は答えた——煤《すす》けてしまい、灰の野に、自然はどこも悲しい顔をして押し黙っています。

わからないのですか、レナート？　もし貴方から遠く離れているならば。――思い知るがいい！――レナートは喚いた。酔ったような感覚のままに考えたのは、たしかにこれは偉大な企てだということだった。――わたしは何も恐れません――と少女は穏やかに繰り返した。

これが最後の言葉だった。突如として武器を振り上げると、レナートは剣を少女の頭に打ち降ろす。刃は易々と華奢《きやしや》な身体を通っていった。彼女は倒れもせずじっと、優しい眼をして自らの殺人者を眺めていた。唇からは微笑みが零《こぼ》れるようだった。ほの暗いガラス窓に朝日が照り映えるように白い額は輝き、その向こうでは夜の星が遠くに光っていた。恐ろしい傷跡はその痕跡も見えなかった。ところでレナートがまだ手にしていた剣は、百合の身体のなかに輝きのことごとくを残し去ったようだった。天下の名剣は、唐突に、灰のように色あせ、火の消えた薪のように黒い、憂鬱で悲しげな武器に変わってしまったのだ！　そしてレナート自身も、急に熱から冷め、すっかりうろたえて不動の少女に眼を凝らした。自分自身が信じられなかった。忌まわしい剣を遠くに投げ飛ばすと、――神よ！――と叫ぶ――何ということをしてしまったんだ！

このとき少女は、底の底まで刺し貫かれていたが、愛する人を安心させようと微笑みかけた。それだけで十分だった。彼女の顔に亀裂が走ったかと思うと、ゆっくりと崩れはじめる。最初は眼にも見えないくらいの赤い線がうっすらと現われ、金色の髪から首筋まで、徐々に下って胸そして絹の衣服に伸びていった。そしてこの傷跡は広がり、血が吹き出し、髪の間からどくどくと音を立てて流れはじめる。微笑みはすでに恐ろしい渋面、わけのわからない凄まじい嘲笑でしかなかった。ほっそりとした身体は急速に裂け、少女は仮借ない剣に断ち切られて真二つになった。裂け目の間から、遠くにまたたく夜の星が見えた。華奢な少女は一瞬のうちに殺人者の足元に倒れていた。異様な光景だった。静かに流れる血だけが、切り裂かれた四肢をつないでいた。

気高い神秘の名剣は、レナートの財産を守り、あるいは少なくともかれに幸福をもたらすはずだった。しかし結局はこの世で最もいとおしいものを破壊したにすぎなかったのだ。いま輝きの失せたこの剣を、たとえ以前の切れ味を誇っていたとしても、いったい誰が欲するだろうか。これを拾いあげた者がいた。かれは世界をその不吉な力から救おうとして、地上に口を開けた深淵に投げ込んだ。だが別の人間たちもしくは神々が再び引き上げ、そしてまた別の誰かに宿命が下る。かれらは十字架を背負うかのように、剣を手に世界を放浪してきた。こうしてまだこの武器は我々の上に災厄の影を投げているのである。

（柱本元彦訳）

La spada

泥棒

二時間も前から泥棒は、地下の物置き部屋に隠れたまま、頭上の部屋を情容赦なく歩きまわって、ふるい根太木《ねだぎ》をゆるがせ、きしませ、ときには細かな漆喰《しっくい》の欠けらをぱらぱらと浴びせかける足音を聴いているのだった。ということは、あいつらは寝にゆくってことがないんだろうか？おまけに夜更けの静寂《しじま》を破り、だしぬけに、怒ったか、あるいは嘲けるかのように大音声《だいおんじょう》を爆発させるのもしばしばだった。そして、長い休止の後に、高らかな無気味な笑い声が響いて、血の気も凍る思いをさせられるのだ。

泥棒は新米だった。彼としてはどんな騒ぎのたねも暴力沙汰も御免蒙《こうむ》りたかった。この古家のなかに何かしら家財道具を、ことによったら食料品を見つけ出すことだけが彼の望みだった。つまるところ金持ちの家主にとっては何でもないもの、しかし泥棒の彼にとっては、また彼の慎ましやかな家族にとっては、多少ながらの生命の糧をもたらしてくれるはずのものなのだった。いやはやまったく、ゴマ塩頭になって、何たるざまに堕ちぶれたものだ！　こんなふうな新米だったから、頭上のあの足音がどうやらたった一人の足音らしい、もちろんこの家《や》の主《あるじ》だ、と気づくのに二時間もかかったというわけだった。でも、いったい誰を相手にあいつは話したり、怒鳴ったり笑ったりしているんだ？

それにしても、小止《おや》みなく正確なあの足音が、泥棒をだんだんと不安な胸苦しい思いにさせて来た。いやはや何と！　勝手知れない他人の家で、こんなふうに樽と樽とのあいだに蹲《うずく》まったまんまで……。彼が気弱でおとなしい人間だということは、これだけですぐ分かった。それに真夜中のあの大音声の爆発には、ほんとうに度胆を抜かされる。またあの笑い声も！　この何もかもが彼にはもう我慢できなくなっていた。家じゅうが完全に寝静まってからじゃなきゃ仕事には取りかからないぞときっぱり腹を決めて来たはずだったのが、それでもどんな様子か、そうっと見に行ってやろうと決心した。それに妙な好奇心にまで駆られていた。自制することができない恐る恐るの好奇心だったが。

家のなかは当てずっぽうに見当をつけていた。武者ぶるいしながら樽のあいだを這《は》い出すと、内階段を昇って中庭に出た。ガラス戸からおぼろな光が洩れていた。泥棒はそばへ寄ってみようと思ったが、いっそうけたたましい笑い声がまた爆発した。というよりも、激昂した口調の演説だった。ここからだと、もっとよく聴こえた。中にいる男は誰かしらを相手に、ちょっとの間もおかずに対話を、もしくは議論をし続けていた（実際、ときおり別の人声が、もう少し穏かな口調ではあるけれど、聴こえて来ると泥棒には思われたのだ）。男はつぎつぎに口調を変えて話していた、時には声高に、時には低く、また時にはほとんど囁《ささや》くようになり、時には呟《つぶや》いているという具合だったが、それでもいつもひどく昂奮している気配だった。時おり嘲けるような笑いの発作が議論を中断させた。もっともこの痙攣的な発作は、疑いもなく主役のほうの話し手、夢中で話しているほうのものだった。それにしてもこんな高笑いを、真夜中に聴けばぞっとする。ようやく泥棒は勇気をふるい起こして、あたりを包む暗闇に守られて、忍び足で、戸口に近寄った。ガラスはかなりの高さに嵌《は》めこんであり、四つん這いになっていれば、むこうからは見られず中をのぞきこむことができるのだった。そこで泥棒はのぞいてみた。

台所（というのは、その部屋というのがばかに広い台所なのだったから）のなかは、埃《ほこり》っぽい豆電球が点《とも》されて、黄ばんだ光を投じていた。煖炉の火は消えていたが、ひとりでに燃えつきて消えたという様子だった。かまどの前を、泥棒と同じようにゴマ塩の髪の男が一人、行ったり来たり、歩きまわっている。しかし、いかにも身の毛のよだつ思いをさせられたのは、ちょうど猿の類いに見かけられるのとそっくり同じに、体はくの字に曲げて両腕をだらりと垂らし、股をひろげた両の足先を外側へむけた奇怪な恰好で、その男が歩いているということだった。その目は、濃い眉毛の下に暗く沈んだまま、しきりに部屋の外を、見られずにのぞきこんでいる泥棒のほうを、眺めていた。そしてそんな恰好をしたままで、男は休むことなくしゃべり続けているのだった。

恐ろしい不安が身内を走り抜け、泥棒は目で対話者を探したが、それは見出せなかった。ついに、恐怖に凍りつく思いとともに泥棒は、男は自分自身を相手にしゃべっているのだと理解した。時により、誰かを相手に会話を交わしているとでもいうように、声音《こわね》を変えているのだ。がらんとした台所のなかで、火の消えた煖炉の前を、ぼんやりとした光に照らされながら、二つに体を折った姿勢で、男は歩きまわり、夢中になって話しているのだった。

「そうとも、ここだよ」と、彼は言うのだった、「ここが今じゃあ、お前さんにとってはいちばん居心地のいい所になってるのさ、おやじさん。お前さんももう歳だ、なあ、そうだろう（と口調を変えながら言葉を続けていた）。何をまだ待ってるんだい？ 家んなかはもう空《から》っぽだ、炉の火も消えてしまった、お前さんはうろうろと歩きまわっているばっかりだ、いえ旦那さまはこのおうちのなかを、まるでご自分のお墓のなかのように歩きまわっていらっしゃる。お墓のなかの死人みたいに、いえ、つまりまだ生きたまんまお墓のなかで……ええい、こん畜生、いまいましい言葉め！（と、猛烈な癇癪《かんしゃく》にとらわれ怒鳴り出していた）。黙れ、黙れ、永劫に黙っていろっ！（と、歌うみたいに一語一語を、区切るように叫んでいた）。でも、ごらんなさい、ご親類の方たち、お友だち、ご子息だって……（と、またしても口調を変えて言い添える）。いえ、旦那さま、あなたさまは大層、皆から慕われ、尊敬もされ、恐れられてもおいでです。ええ、ええ、それはもう、請け合いでございますとも。その上にまた、ご裕福でいらっしゃる、ま、ご裕福と申し上げずとも、ご不自由なくお暮らしでおいでです……オホン、オホン……。つまりですな、お歳に免じて恥ずかしくないお暮らしぶりが、何やかやはございましても保障されているというわけです。何を言っているんだね、何をお前は言っているんだ！（と、怒りにまかせ、彼は怒鳴りだした）。親類の方たち？　親類どもがね？（と、不服げな響きになってくり返していた）。それに息子かね？　アッハッハ！（と、またしても唐突な、背すじの凍るような、あのけたたましい笑い声をあげていた）。私の息子がどこにいる？　いったいどんなふうにして、いいかね、私は尋ぬるがね（と、まさしくたずぬると彼は言っていた）、そいつが私のことを心配しているっていうのかね？　いや、どうしてそんなことがあり得るんだろう、よしんば心配してくれるつもりになるとしたってだ。恐れられている、そうかい、恐れられてんだとさ（と、学生たちの猥歌の節《ふし》をまねて）。疥癬《かいせん》か、汚物か、屍肉《むくろ》を恐るるがごと、恐れられたり、さ！（と、ありったけの声をはりあげ絶叫していた）。でかした、詩だぞ、愛すべき詩だぞ（と、移り気な軽薄さでまくしたてていた）。かくしてここに（と、それからはのべつ言い続ける始末）、ここにかくして、かなたこなたに、ウーン、やれやれ、こいつもきゃつも、上へ下へと、ウー、ウー、ワンワン

（と、そう言いながらも一生けんめい思いをこらすという様子）。うん、もう一度だ、かくしてここに、ここにかくして、云々と」

こんな支離滅裂な言葉を男はくり返し言い続けながら、猛然と歩きまわっているのだった。泥棒は戸口に隠れたまま、心中おののきながら、強い憐みの情に胸を締めつけられていた。自分がこの屋敷を訪れた目的をもう彼は思い出しさえしなかった。自分の境遇の惨めさを忘れて、この男を援けてやりたい、ひょっとすれば抱きしめてやろうとさえ思っていたのだった。

何やら無分別な動作をしでかしたか、あるいは溜め息を洩らすか、彼はしたのだ。というのはたちまち男がまっすぐに体を起こすと、戸口にむかって飛んで来るなり、戸を開けながら、「老いぼれ犬さ、ただの老いぼれ犬ってだけのことさ」と呟いていたからだった。泥棒は弱々しい光のなかに曝《さら》け出されて、四つん這いのまま主人を見あげていた。「君は、君は……」と、男は少々あっけに取られながらも、怒ったふうはなく、それどころか悲しげな口調で言った、「何の用だね、君？」泥棒は返事をしないで、のろのろと立ちあがった。「泥棒をしようと思ってたのかい、ええ？」と相手はさらに言ったが、皮肉はなくて、ほとんど沈鬱な歓びがこもっていた。そして暗く沈んだ眼差しでじっと泥棒の様子を窺っていた。目には、確かに涙が光っている、微かにふるえているけれども、身動き一つしなかった。「まあ入れよ」と突然、主人が言った、「中へ入りたまえ。君は貧乏なんだね？（と真顔で続けた）。かみさんや、子供たちの食べるものがないんだね？　さあ、来るんだよ」そう言って、腕をつかんで中へ押しやった。
よどんだ光のなかで二人の男はまじまじと互いに目と目を見合わせていた。主人の両目にも涙があふれ出した。それから彼はほほ笑んだ。どちらからともなく腕がのびると、もう我慢ができず、たがいに相手の腕のなかへ飛びこんでいた。主人と泥棒は泣きながら抱きあって、子供のようにすすりあげていた。その涙は止まることを知らず、あとからあとからと流れ落ちて彼らの顔を洗っていたし、それが彼らの心を慰めてくれるのだった。

（米川良夫訳）

Il ladro

カフカの父親

何人もの友だちがあんまりしつこくせがむので仕方なく、巨匠の人生に（そしてぼくの人生にも）甚大な影響を与えたに違いないひとつのエピソードを、ここで手短に話すことにしよう。

――もし、向こうの扉（わずかに開いていた）の間から、二本いや四、五本の、すごく長くて細い、毛むくじゃらの脚が伸びてきたとする。重みに押されてゆっくりと扉が開き、そこに巨大な蜘蛛《くも》が、洗濯籠ほどもある大きな蜘蛛が現われたとしたら……？

――それで？

――待て待て、まだ全部言ってないよ。それでもし、この蜘蛛の胴体が人間の頭をしていて、床から見上げるように君を見つめたとしたら、君は、いったいどうする？　死んでしまいたくはならないかい？

――ぼくが？　何でそんなことを。いったいどうして自分が死ななきゃならないんだい？　できれば向こうを殺してやりたいね。

――ぼくは、そう、死んでやるさ。実際、そんなことがある世界に生きてゆくなんてまっぴらだよ！

――ともかくぼくは、何だってやってやるけど、死ぬのだけは嫌だ。考えたくもないね。

半開きの扉に向かって挑むような視線を投げかけながら、カフカがまだ最後の言葉を言い終わらないうちだった。蝶番《ちょうつがい》を軸にして扉がゆっくりと回転をはじめ、実に隅から隅まで、先ほど頭に描いたのとまったく同じ場面が出現したのだ。ぼくたちは離れで夕食をとっていたが、仰天して飛び上がった。蜘蛛あるいは人間の頭が、長い脚の上でゆさゆさと揺れながら、テーブルに近づいてきた。そして憎々しげな顔をしてぼくたちを見上げたのである。

――ほら！――とぼくは叫んだ。告白するともうほとんど泣き出していた――ほら、あいつを殺してくれよ！

カフカはこの動物あるいは人間をじっと睨《にら》んだまま指一本動かさなかった。部屋の隅の方へ向かってじりじりと後ずさりしたことを除けば。真相を言うと（後で知ったことだが）、それは何年も前に死んだかれの父親の頭だったのだ。そしてカフカを眼の前にすると、ますます憎らしい顔をした。充血した眼を歪め、まくれた上唇を横に捻《ねじ》って怒りもあらわだった。かつての飽き飽きするようなけんか騒ぎを、カフカはまだよく覚えていたが、そんな時父親は不愉快極まりない声をあげたものだ。今それは話さなかったが、おそらく声を出すことはできなかったのだろう。けれども明らかに、大声で喚《わめ》きたくてほとんど破裂しそうな感じだった。顔を仰向けにした頭は、ちょっと斜めになってまるで蟇蛙《ひきがえる》のようだった。

『いったいぼくがまた何をしたって言うんだ？』とカフカは自問した。子供の頃、何故かよく分からないままに、父親は怒り出したものだった。その時の辛い思いが胸の内に蘇るのを感じながら、――パパ……――とかれは呟《つぶや》いた。

ぼくはといえば、告白すると、すっかり取り乱して手を叩きながら叫ぶばかりで、他には何をすることもできなかった。しっ、しっ！　あっちへ行け、けだものめ！　そのときカフカの父親は、なおも用心深く前進を続けていたが、思い直したように留まり、自分を抑えようとする風だった（『他人』の前で自分をコントロールするというのは、かれのモットーのひとつだった。もっともその顔を一目見ただけで誰でもかれの心の内がわかったものだ。たとえこんな時よく口に出した『角だ、角だ！』という言葉を聞かなかったとしても）。怒りと攻撃を後にしまっておくように、くるっと背を向けると、ゆらゆらとぎこちなく、入って来たところから静かに出て行ったのである。ぼくは、また告白すると、髪をかきむしりながら、片隅ですすり泣いていた。その瞬間我に返ったカフカは、父親の後を追って暗い大部屋のなかを駆け出していった。

その夜もそれからの日々も、何時間もかけて家の隅々まで捜索したにもかかわらず、父親が見つからなかったのは言うまでもない。カフカはこんな風に語っていた、『なんてことだろう。ぼくの家にあんなものが住んでいるなんて。ほんとうに前代未聞だよ！　他にも変なものがどれほどいるか知れたものじゃない。ともかくあいつを捕まえないことには、もうこの家にはいられないな』。初めのうちは以前の父親の部屋か籠にでも閉じこめるつもりらしかった。ある日それは遂に姿を現わした。夕暮れ時、埃《ほこり》だらけの品々でいっぱいの納屋を横切って行くところだった。つまり閉まった扉やおそらくは壁さえも、そいつはやすやすと通り抜けてしまうのだ。このとき以来、情け容赦なく殺してしまう以外に方法はないと言っていた。しかしもちろんそんな機会に恵まれることはなかったのだ。

もう二度と発見できないかと絶望し、古い屋敷をすっかりあけ渡して、どこかへ越してしまおうとかれが考えはじめていた頃だった。まだ明るい時間に突然現われたのだ。未来の大作家は寝室にいた。窓を通して太陽の光がまぶしかった。明るい光のもとで見ると、それはもっと灰色がかって埃まみれだった。青白い疲れた顔をして、この時はすがるような眼差しで息子を見た。愛情にあふれ眼に涙をためながら（かつての、気分が悪い時のように）。そんな様子には見向きもせずに、カフカは椅子を摑《つか》むと父親の不意をつく。相手が眼を廻してふらふらしているすきに、倉庫へ走って行って木槌を持ち出し、これで叩き潰してしまったのだ。砕かれた頭からは、当然のように、柔らかな髄がどろどろと流れ出た。
たしかに高くはついたが、カフカはこれで永遠に解放されたと信じたのであった。だが実際、古い屋敷には、大きいのや小さいの、いったい何匹の蜘蛛が住んでいることだろう！

（柱本元彦訳）

Il babbo di Kafka

『通俗歌唱法教本』より*

*私の望むところは、エウジェーニオ・モンターレに対する私の謝意をこの場で公けに表明することであった。有名な低音バリトン歌手（あるいは「シンギング・バス」――歌う低音）である同君は寛大にも、以下三章の執筆中、私に対する助言と励ましをいささかも惜しまなかった。しかし彼自身の明言された意志により、私はそれを諦めなければならない。彼の謙虚さの何と偉大であることか！　それどころか、マエストロはオペラ歌手としてのおのれの世界的な名声をほとんど問題とせず、好んで――彼自身が私に告白したほどなのだが――この名声を文芸共和国の集まりにおける一層つつましやかな名声と取り換えたいと願っている始末なのだ。著名人士の弱さよ！（モンターレは事実、詩の小冊子二巻の著者であり、それらはもちろん美点に欠けるものではないとは言え、彼が歌劇場においてすでに到達した素晴らしさにははるかに及ばないのである。念のため）。

第壱千九百五拾九章　音の重さと固さについて

反対に、必ずしも誰もが知っているというわけではないのが、人間の咽喉から発せられる音には固有の重さと固さとがあり、それらは歌手の熟練と能力とに応じて知覚し得るものであるということである。したがって大部分の歌手の場合にはほとんど知覚し得ないか、あるいはむしろ完全に知覚できないのに対して、幾人かの例においてはきわめて顕著であり、またさらには危険でさえある。例えば、そのための特別な装置によって計算されたところによれば、有名な低音歌手マイーニの中音声部の「ド」は概数にして一万四千キログラム、すなわち十四トンの重さがあった。テノール歌手および女声歌手の声の一般的な重さは、平均してきわめて貧弱なものである。タマーニョというテノールの中音声部の諸音程は、最大で三トンないし七トンの間を上下している。コントラルトではただ一例、有名なプブリンスカのみが、それも一回だけ、ある発声に際して十トンを記録した。男声中音声部の重さは一般的に中間的である。幸い、音はきわめて弾力性があり、瞬時にして流動的となって拡散する。とはいえ、ある特定の姿勢によって発声されるとき、歌手の口から相当の距離をへだてた場合でも、その本来の重さと密度の一部を保持することがある。若干のきわめて稀な例ではあるが、まさに鉄以上に硬いものとなって、文字どおり聴衆にとってのみならず歌手自身にとってさえ危険なものとなり得る。したがって歌手なるものはつねに、最善を心がけて、なるべく高く、すなわち聴衆や同僚の頭部より上へむけて、発声するように心がけており、これは各自がすでに目撃しているとおりである。とはいえ、ここで、非常に残念なことではあるが、一こと言及しておかなければならないことは、かつてオペラ劇場の舞台に惨事をもたらした若干の悲劇的なエピソードについてであるが、このような事例は、幸い、今日でははるかに稀少である。代表的な一例のみを語るに止めよう。

名前はあえて挙げずにおくが、あるテノール歌手がヴェルディの歌劇上演中に、上述の心得を忘れて、自分といっしょに二重唱《デュエット》を歌っていたバリトン歌手をその声で直撃してしまったのである。それは、実のところ、はなはだしく鋭利な音というのではなかったけれど(「自然なシ」と呼ばれるもの)、しかし発声の位置が正しく、しかもきわめて的確に、また響き高く発せられたので、不幸な相手役を即死せしめたのであった。観衆は哀れなバリトン歌手がよろめき、崩折れ倒れるのを目撃したものの、その恐るべき真相を悟ったのは後になってのことであった。すなわちテノール歌手のその音は、さながら磨《と》ぎ澄まされた刃のごとく、相手の体を貫き通していたのであった! ちなみに、この機会を利用して明らかにしておくが、事実、ただ正確な位置で発声された、響きのよい、確実な音のみ(すなわち専門的な用語で「正しい音」と呼ばれるもの)が、重さと密度の高さを備えているのであって、ぶら下がったり上ずったりする「間違った音」はまったく重さを失っているものである。したがって、前記テノール歌手の技法のみごとさが同僚の生命を奪うものとなったのであった!

人間の声のこのような独特の性格が、またしばしば滑稽な騒ぎや、あるいは芸術家どうしの奇妙奇天烈な果たし合いなどの理由ともなるのであった。あるオペラの上演のおり、リヴォニア大公妃殿下が劇場一階の最前列特別席で（御自分の気まぐれからロイヤル・ボックスにはお入りにならず）御鑑賞あそばされておいでであったが、有名なとある男声低音歌手が不注意にも、作法どおりに遠く、上のほうへむけて音を抛出することをせずに、間近な距離に落としてしまった。と、たちまち大公妃殿下がお腹立ちの御様子で席をお立ちになり、何ごとかイタリア人歌手の不作法さに抗議のお言葉を仰せられながら御退場なされるという騒ぎとなった。ことの次第は、その音が妃殿下の御《お》み足に落ちたというのであって、重さはほとんどないほどの「間違った音」ではあっても、それでもやはり失礼千万にも御《お》み足を踏みつけてしまったというわけである。次の例に移ろう。いずれも声量の豊かな二人のテノール歌手が、職業上の嫉妬心に駆られて、公開の挑戦状をたがいに送り交わした。すなわち、大勢の聴衆の前で、それぞれ自分の咽喉にどれほどの能力《ちから》があるかを示して、各自の声の堅固さと資質についての判定を聴衆に仰ごうというものであった。競技は厳かに開始された。一方のテノール歌手は、射的場などで見かけられる噴水の上で踊りはねている小さなセルロイド球《だま》のようなものを、自分の声音（もちろん、あの「頭から出る」音）で何秒間も、みごと支えることに成功した。すぐさま、もう一人のテノールは、少しもうろたえる様子もなく、それまで誰一人としてあえて試みようとしたこともない技を試みて成功してみせたのだった。すなわち彼は、あたかもおとぎ話の小主人公が魔法のソラマメの茎の上をよじのぼったようにして、自分が発する音の上によじのぼってみせたのであった。それどころか、彼はその声音の強度をさまざまに変化させ、また発声の仕方も種々に修整することにより、新発明の水中人形とでもいうように空中を、しばしの間、上ったり下ったりしてみせたのであった。聴衆がその判定に手間どらなかったことは容易に察せられよう。

歌手というものは程度の差こそあれ、巧みに音を自分からなるべく遠くへ抛《な》げ出し、言うなれば、自己の体腔《たいこう》から完全にこれを吐き出すことができるものなのである。このやり方が完璧にうまく行われれば、音は快く、あたかも軽やかな霧雨か露のように、聴衆の上に舞いおりて来る。これが偉大な歌い手たちのほとんどすべての音について言えることである。しかし逆の場合には、音は観客の頭上に落ちて来て抑えつけ、彼らにきわめて特徴的な圧迫感を惹き起こさせる。さらに、下手な歌い手の大部分は、音を完全に吐き出すことさえできず、このために音は、いささか品の悪いイメージを用いさせて頂くならば、半ば歌い手自身の体内に残されたままになってしまう。その結果、聴衆とのあいだに、一種の苦悩の共通感覚が生じることになる。聴衆は、あたかも不幸な歌い手を自由にさせてやろうとでもいうように（彼にとってもこれ以上にありがたい話はないだろうが）、口をぱくぱくさせたり歪めたり、ありとあらゆる方法を使い、またさまざまに苦心して、本能的に自分のほうへ音を引き寄せて、歌い手を助けようと試みる（と言っても成功はしない、というのも音は一どきにすっかり抛出されるものであって、さもなければ二度と完全に抛出されることはないからである）。つまり、これは大変な難産ともいうべきものであって、これに立ち会うのは、今さらつけ加えるまでもないだろうが、この上ない難行苦行というわけである。

最後に、締めくくりとして語っておきたいのは、かの大カルーソの音がある夕べ、天井桟敷の熱狂的愛好家の手で採取されたということである。それは超高音声部の「ド」であって、奇妙な異常現象と言えようが、まだいくらか固さを残したままその高さにまで達したのであった。その様子は、自分の掌の窪みのなかに一瞬それを掬《すく》いとった件《くだん》の愛好家の言葉によれば、何やら乳白色の、オパールのような光を帯びた物質が凝結したもののようであって、すでにほとんど重さをもたず、急速な分解・拡散の傾向を示していたとのことである。愛好家はそれを手中に止めておくことができず、その物質はあたかも濛濛《もうもう》たる煙のように指のあいだから逃れ出てゆき、彼は、実に「あっ」と言う間に、自分の目の前でその物質が分解して霧消するのを目撃したのであった。しかしながら、その塊りのような物質というのはどうやら音それ自体の核に過ぎないものであることを指摘しておかなければならない。なぜならば、音それ自体はすでにその飛翔中に、それを構成する副次的なすべての物質と固有の響きのすべてを失っているに違いないからである。

第壱千九百六拾章　音の色彩について

同様に、多くの人々に知られていないことは、人間の咽喉から発せられた音は、それぞれ固有の、したがってまたその高さ、強度、正確さによって当然、異なる色彩を有しているという点である。その色彩は、しかしながら、特定の条件においてのみ識別可能である。すなわち、大気中にはあらかじめバリウムとナトリウムの混合ガス（フィボナッチの指示する割合いによる）を十分に拡散せしめるよう、また水平方向からの光線を準備しておかなければならない。そのような場合、音は一般に、ぼんやりした蛍光を帯びた、乳白色の揮発性液化物質として現れ、捉えがたくレトルタ蒸留器によっても捕捉できない（このことは前章の終りで述べたオペラ愛好家の観察を確認するものと言えよう）。この一般的な外見は、しかしながら、すでに述べたとおり、個々の音それぞれの特殊な性質にしたがって微妙に異なり、あるいはまた著しく変化したりする。このようにして、例えば、高い（もしくは鋭い）音は柔らかな空色へと向かう一貫した傾向を示すとはいえ、ある場合にはぼんやりとした朱色とも、あるいは萌葱《もえぎ》色とも見えることさえある。中低音声部では、深い音域へ向かうにつれて、見た目にもますます暗い色調を呈し、全体としては、画家たちが「鳩の首《ゴーラディピッチヨーネ》」色と呼ぶ、いわゆる玉虫色から、浅葱《あさぎ》色もしくは枯れ葉の緑色にまで及ぶさまざまなものになる（ただし一定の限度があって、それを超えるとふたたび明るい色調となる）のだが、しかしある特別の場合には、灰色を帯びた輝かしいばかりの真珠色となることもある――と、こんな具合なのである。超高音声部（または超々高音声部）の音はもっとも多くの場合、はなはだしく脱色・漂白せしめられたかのように、またきらきらと砂糖漬けにされたかのように輝いて見えるが、これに対して超低音声部（または超々低音声部）の音は、中低音声部やさらには中高音声部の音に較べれば一層明るいとはいえ、単一のくすんだ鼠色――きわめて調子の低い、いささか煙っぽい――へと変わることなく進行してゆくように思われる。しかし一般に、どのような色であれまた陰翳であれ、ある歌手が発声するすべての音のなかに見出されないようなものは存在しないと言って差支えない。

　実のところ、色彩のこのような多種多様の変化は、初めに指摘した諸条件の他にも、声の質にもよるものである。同一の音部記号《キー》をもつ声であっても、事実、濃淡の差が生じ得る（すなわち、一般的な表現では暗かったり明るかったりする）。つまり、もっとくだけた言い方をするならば、二人のテノール、あるいは二人のバリトン、あるいは二人のアルト歌手のあいだでは、生まれつき、それぞれ異なる色彩の声をもっているものである。例えば、あの恩寵に恵まれた有名なスペイン人テノール、ガヤリャの声を幸運にも見ることができたものの証言によれば、これ以上うっとりとさせられるような光景は想像することもできないとのことである。すなわち、蒼ざめたバラ色や、煙るがごとき柔らかな緑色も、また輝くばかりの、しかも繊細な空色もあり、さらには象牙色《アイヴォリー》のぼかしやら金髪色《ブロンド》の陰翳やらもあるという具合。人々の語るところでは、彼の声の色彩の主調音をなすものはかくのごときであって、いかなる画家といえどもこれを画布に止めることはできぬほどのことである。偉大なるバス、デ・アンジェリスの「ファ」音は、これとは逆に、筆者にはほとんど完全な黒一色、ただわずかにところどころ、暗く陰鬱な暗紫色の部分が見られるように思われた。また反対に、ソプラノ歌手として並らぶもののないブリーチェヴァの超高音声部の「ファ」は真っ白で、また直視し得ないほどに激しく輝いているように見えたのであった。

一般的に言えば、「正しい」音であればあるほど、その色彩は鮮明で、輝きを帯び、また高らかであり、このことには「強度」という先入観は関係しない。確かに、強度は色彩の性質すなわち類《ジャンル》に影響を及ぼすことはあり得るが、その質に影響することはけっしてない。すなわち、換言するならば、どのような音であれ「間違った」音は、たとえ力強く見せようと試みても、結局は、色調に対する耳がなく、（画家が言うように）濁《にご》っている。

「間違った」音は、色彩的《クロマティコ》な観点から見るならば、しばしばまことに奇妙、不可解な効果をもたらすことがある。それはただ単に、俗に言う「調子はずれ」の音に限らず、わずかにぶら下がったり上ずったりした音についても同様である。学者たちは、はなはだしく調子をはずす傾向のある歌手たちに対して実験を試みたが、その際の様子について興味ある報告を発表している。ある実験では、音のぶら下がりがちなテノール歌手の歌唱中、実験者たちは断続的に視界光度が減退するという印象を蒙《こうむ》った。ずれ落ちる音と光度減退の現象とが一致していることは明白であった。他の実験では反対に、閃光つまり稲光が絶え間なく続くという現象が、ある高名なソプラノ歌手による抒情的歌曲の詠唱中、上ずり音を発すると同時に見られた。またもう一つの例では、ある低音歌手のまったく音程をはずした発声が実験室内に完全な暗黒をもたらしてしまった。これは何秒間か続いたのであるが、つまり、それはその歌手が発声を打ち切る決心がついたときまでということであって、実を言えば、当人は息の続く限りその音を発声し続けるつもりでいたというのであった。他方、あるテノール歌手が高音をはずした瞬間に、室内の空気中に音もなく稲妻が走ってたちまち消えるのが見えたということであった。

最後に、本章を結ぶにあたって一言しておくべきことは、数多くの聴衆によって、別々の機会に観察された、二つの奇怪な現象についてである。その一つは、すでに名前を挙げた低音歌手マイーニの、きわめて深く長く発せられた音（下第三加線の「ソ」）とともに、突然、ホールは霧か煙のような濛濛とした物質に満たされ、それがある限度まで達すると、やがて急速に雲散し霧消したというのだった。もう一つの場合は、テノール歌手ボンチの中高音声部のある音が、劇場内に、二階ボックス席のあたりから天井にまで届く素晴らしい虹の出現を惹き起こしたのだった。虹はだんだんと色蒼ざめてゆきながらも、三分近くもの間、すなわちオーケストラがアリアに続く間奏部を演奏している間（もしその音がアリアの最後の音でなかったならば、恐らく次ぎの音によってこの現象は妨げられていたことだろうが）、はっきりと目に見えていた。報告されているこの二つの事実が、一般の劇場内で、しかも前述したような、音声色彩学的な現象の発現に必要とされている準備なしに生じたことは注目に価する。この点に関して、専門家たちは今日に至るもなお、十分な説明を与えることができないでいる。いずれにせよ、このような視覚的現象一般は、例外的に、また科学的にはまだ不明確な条件において、自然発生的なものとしても起こり得ると結論せねばならない。実際にまた、オペラ愛好家たちの経験を信じざるを得ないほど、彼らが観劇中に体験したと訴える多種多様の、不思議な感覚、あるいはまたさまざまの心的症候群《サイキックシンドロム》は稀なことではないのである。これらの愛好家たちが時により襲われる感覚の混乱、あるいは圧迫感、さらには気の滅入るような倦怠感、等々は、ここに初めてあえて仮説めいたことを述べてみるならば、これらの色彩的な刺戟や、また次章で述べる触覚の刺戟に対する（意識によっては把握され得ないにせよ）感官の反応によるものではないのであろうか？

第壱千九百六拾壱章　音のその他の特性について

人間の咽喉から発せられた音はその固有の味わい、すなわち味覚の他にも、匂いや、温かさや、形、さらには化学的成分に至るまでのものが、程度の差こそあれ、いずれもはっきりと備わっている。一般に、ある音は一定の条件においては、個別的にかあるいは一斉に（トゥッティ）か、五官のすべてによって鑑賞可能である。しかし残念ながら、この点についての研究は、研究者たちの不可解な怠慢のために（数々の分野の科学的研究が輝かしい進歩を示しているこの現代において）、あまり進んではいない。したがって、ここではいくつかの一般的な指摘に止めることとする。

　味わいに関しては、音は非常に多くの場合、苦みを帯びて感じられる。とりわけ両極端の音域（深い最低音声部と鋭い最高音声部）においてそうである（中間的な、つまり中央の音域では甘味を帯びる傾向を示すが）。ところが、時によるとそれらの音が不可解なことに甘くなったり、あるいはひどく甘ったるくなったりすることさえある。これは少なくとも歌手たちの証言によって伝えられているところであるが、しかし彼らはこれらの音の個々の味覚についても（いわく言いがたしと言うばかりで）、またそれが甘くなることの原因らしいものについても、納得のゆくような詳細な報告をすることはできないでいる。特に後者に関しては「声合わせ」とか、あるいは音の高さとかにこれが影響しているように思われないのである。確実な科学的なデータが欠けている以上、我々としては歌手の体腔を発した音が味蕾《みらい》と接触した際に、猛烈な苦みを引き起こすものと想像しておこう。それは、嘔吐の際の胃の内容物によるものと、ほぼ同様である。事実、大概は、とりわけ高い音やきわめて低い音（すなわち最も苦い音である。その苦さに慣れることのできる歌手はどうやらごくわずかしかいないようである）を発する際に圧倒的になる渋面や努力については誰もが識《し》っているところである。同様にまた、時として軽やかな声のソプラノ歌手が、彼女自身にとっても恐らく思いがけず甘く感じられた音を舌先に味わっているらしい光景も、皆の目撃しているはずのものである。

熱に関しては、一般に音は強い熱性を備えているように見受けられるが、ここでもまた、やはり原因は未詳ながら、時によってはきわめて低い温度に達することがあり、幸運にも勤勉な実験家によってマイナス一八〇度Cが記録されたケースがある。まさに死霊の息吹きである！　歌劇愛好家であれば誰もが、一再ならず、歌手たちが汗みずくになっているのを目撃しているわけであるが、しかしまた時として、ある種の声音とともに劇場内に得も言えない寒気の拡がることも経験しているのである。この熱は、その性質もやはり不詳なのだが、どちらかと言えば湿っぽいもののように思われ（例えば電気ストーブが放散するような熱とはまるで違う）、ちょうど秋の日に時おり感じられるあの蒸し暑さに似た、べたついた暑さだと言える。

ふつう、音は無臭であるが、時によってはきわめて快い香りから実に不快きわまりないものに至るまで、さまざまな匂いを帯びることがあり、それらはいずれも、以下に略記するような化学成分の結果である。このようにして、聴衆は場合に応じて、スミレの香り（ソプラノ歌手テトラッツィーニの「自然音のラ」。これは当然、タングステンによる）や、あるいはベルガモット香油（メッヅォソプラノのジーク＝ジークの「ミ・ベモル（変ホ）」で、これはカリ長石の気化したものか？）、百合（バリトン歌手バッティスティーニの「ファ・ディエーシス（嬰ヘ）」。燐灰石）、「ロシアの皮《キュイール・ド・リュシー》」と呼ばれる香水の匂い（居合わせた御婦人がたの評言による。テノール歌手ラウリ・ヴォルピの超高音「レ」。銅玉・蛍石もしくはヘリウム）、等々を感じるというわけである。また反対に、蟻《あり》（歌手の名前を挙げるのは不都合のため差し控える。蟻酸）、腎臓分泌液（アンモニア）、魚類（二酸化炭素と硫酸）、腐敗した有機物（ストロンチウムとその他の諸元素）、また「傷みかかったホロホロ鳥」（？　ある御婦人の証言によるが、この婦人は少々ヒステリー気味である。ヘリウムとラジウムの合成物か？）、等々の匂いもある。

　こういうわけで、我々は期せずして、音を構成する主な化学的要素に関しても記述したというわけである。ここでさらに付け加えて言えば、これらの諸要素は種々の割合で結合して現れ、その基となるものは一定していると言ってよく、種々の状態における貴金属（金、銀、プラチナ）および軽ガス（水素、ヘリウム、……）によって成り立っている。また声音中の金属の存在は、すでに本書の第壱千九百五拾八章を一瞥した読者にとっては驚くべきことではないはずである。しかしながら、これらの化合物の基そのものが時として、今日までのところは不明の諸条件によって変化することがあり、また一般的に言って、既知の元素のなかで音の構成に関係し得ないものはないということになろう。しかし、読者がもっと注意しなければならない点は、人間の咽喉が発する音に現れる物質、あるいは現れないかもしれない物質は、既知の元素のみには限られていないということである。事実、ごく最近アゼルバイジャン人の早熟な天才オニサンモト・イフロドナルの研究によって、今日まで学者たちに知られていなかった二種類の元素が声音中に存在することが確証されている。この青年学徒はその二元素をそれぞれチノディウム・オニフリウム、およびヒュッポディウム・オニフリウム（記号Cnf.およびCpf.）と命名しようと望んだが、それでもその特性については固く秘密を守っている。恐らくは、いま我々が明らかにしようとしている事実、そして読者の記憶にはっきりと銘記されなければならない事実は、この神秘的な二元素に負うものなのである。すなわち、この際、断固として仮定されるべきことは、今日のところ化学的な手段によって音を合成しようと望もうと徒労に帰するであろうということである。人工的な音は今のところ、想定不可能である。例えば、既知の諸元素の力をかりて、かの偉大なるタマーニョの音を分析し、また再構成してみても、彼が発したとおりに純粋で、また強力で、他と紛れることのないその音を再現し得るには至らないであろう。声調とか音色とかと呼ばれているものは、大胆無謀な声音の再構築者の手をつねに逃れて、その発声からは少しも感じとられずに終わるであろう。したがって、とりあえず結論として言えることは、声楽においては、詩やその他の如何なる芸術におけると同様に、若干の神秘の要素が存在するということである。

最後に、音の形に関してごく手短に言うならば、音は発声の位置、等々の事情に応じて、どのようなものであれあらゆる幾何学的な形体を帯びることができるが、それでも動かしがたい事実は、大部分の音がきわめて漠然とした形を示し、ときには無形状的であったりするということである。とはいえ、球状、方形、あるいは二十面体や、またその他さまざまの平行六面体の音をはっきりと識別することができる。しかしながら、すでに述べたとおり、これらの形はしばしば、著しく変形されていて、引き伸ばされていたり、尖《とん》がっていたり、ひどく鋭利になっていたり、あるいは磨滅させせられていたり、等々のように見える。一層の明確さを絶対に御所望とされる向きのために付け加えて言うならば、大芸術家の音はほとんどつねに球状、もしくは円錐形を目指すのに対して、へたな歌い手の音は大概、不規則な方錐形、あるいは極端に薄っぺらであったり不等辺三角形であったりする上に、微細な凹凸でざらざらしていて、棘《とげ》だらけと言っていいほどのものである。

Da "La melotecnica esposta al popolo"

（米川良夫訳）

ゴーゴリの妻　──戦場の野苺──

……こうして遂に、ニコライ・ワシリイヴィッチの妻に関する複雑な問題に立ち入る時がきた。わたしは戸惑いを隠せない。忘れ難きわが友が生涯秘密にしていた（無理もなかったが）、誰も知らない事柄を暴露する権利が自分にはあるのだろうか。しかもそれは間違いなく悪意に満ちた馬鹿げた解釈に利用されるに決まっているのだ。何人もの卑劣漢や抹香《まっこう》臭い偽善者どもの感情を害するのは、もちろんかまわないとしても、ほんとうに無垢な魂でさえ、まだそんな魂が存在するとしてだが、傷つくかもしれないのだ。彼に対して非難がましく振る舞うのではないとしても、わたし自身ですらそれを前にして後ずさりするような事柄を、なぜ明らかにしなければならないのだろうか。要するに、伝記作者としての厳粛な義務がそうさせるのだ。これほど偉大な人物の生涯であれば、どんなささいな出来事も、われわれや次の世代にとって貴重な情報となるのではなかろうか。自分の束の間の判断に流されて、時がたてば正しく評価されるかもしれない事柄を隠蔽してはならないだろう。いずれにせよわれわれに審判を下す権利があるとは思えない。いったいどのような内面の必然性があったのだろう？　あのように優れた人物の行動がわれわれに潔いものに見えないとしたら、そこには、より一般的な高い次元において、いったい何があったのだろうか？　たしかに難しい問題だ。例外的な素質をもつ者たちのことは、結局われわれには理解できないのだから。『その通りだ』と傑出した人物は言うだろう、『自分もまた小便をするが、そこには全然別の理由があるのだ！』。

前置きはこれくらいにして、これから、わたしには異論の余地がないものと見えた事柄、つまりこの曖昧な問題について——これから先ははっきりすると期待しているのだが——わたしが確信してきた事柄を述べてゆきたい。現在のゴーゴリ研究には常識となった部分は飛ばし、さっそく本題に入ることにしよう。

ニコライ・ワシリイヴィッチの妻は、先に言ってしまうと、女ではなかった。人間ではなかったのだ。動物や植物のような生き物でさえなく（誰かが仄《ほの》めかしているように）、単なる人形にすぎなかった。そう、人形だ。かの文豪と個人的な付き合いがあった伝記作者たちの困惑あるいは憤慨を説明すると、要するにこういうことだったのだ。一度も夫人に会ったことがないと言ってかれらは嘆いていた。彼女の偉大な主人の家に足しげく通ったにもかかわらず、『その声さえ聞いたことがない』とこぼしていた。かれらが考えついた結論というのは、いかがわしくて不名誉な、時には悪辣なものでさえあった。だが諸君、真実はもっと単純なことだったのだ。かれらが声を聞かなかったのは、彼女が喋れなかったからだ。もっと正確に言えば、後で触れるように、ある状況に置かれない限り。いずれにせよそれは、一度の例外を除けば、かならずニコライ・ワシリイヴィッチと二人きりの時だった。無益な異論を唱えることは簡単かもしれないが、これはもう放っておいて、その存在、その物がどんな姿をしていたか、言葉にすることができる限り正確に描いてみよう。

いわゆるゴーゴリの妻は、冬でも素裸の厚ゴムの人形で、その色は肉の色、世間で言うところの肌色だった。もっとも、女性の肌といっても色々あるわけだから、もう少し詳しく言うなら、ある種のブリュネットのように明るい滑らかな肌だった。この人形は、いまさら繰り返したくもないが、女の性に分類された。だが付け加えておくと、形には非常に柔軟性があって、性を変える（これは無理な注文だった）以外はほとんど自由自在だった。たとえばある時は瘦せて、ほっそりと引き締まった腰に胸さえも平らな、女というよりは少年のように見えた。別の時にははちきれんばかりにぴちぴちとして、一言でいうとビヤ樽だった。髪の毛の色が変わる時には、たいていそれに合わせて、そうではない時もあったが、身体の毛の色も変化した。こんな風にして他の細かい部分、ほくろの位置とか、粘膜の感触も変えることができた。ある程度までは、肌の色さえ変わったのである。こうして最後には、どれが本当の姿なのか分からなくなり、同じひとりの人物について話しているのかどうかも定かではなくなる。もっとも、後でみるように、この点にあまりこだわるのは賢明と言えない。

いま述べた変化の原因は、読者諸君の頭にもすでに浮かんだと思うが、ニコライ・ワシリイヴィッチの意志以外の何ものでもなかった。彼が自分でこれを膨らませ、髪形を変え房を整え、軟膏を塗っては、その日その瞬間にふさわしい女のタイプに近づけようと、あちらこちら手を加えていたのだ。彼はまた自分の豊かなファンタジーを楽しんでもいたようだ。グロテスクな怪物のような形を作り出すこともあった。つまり、当然のことだが、ある限界を越えると彼女の形は歪んでしまう。あまり空気が入っていない時もまた変な感じだった。だがゴーゴリはすぐにこんな実験にも飽きて、彼が言うには『つまるところ妻を粗末に扱いすぎた』のだった。彼なりの仕方で（われわれには不可解だが）ゴーゴリは妻を愛していた。愛していた、と言ってもどのかたちの彼女を？　当然の疑問だろう。ああ、わたしはもう、この報告がそれに答えることになると仄めかしてしまったのだ。ああしかしどうして、ニコライ・ワシリイヴィッチの意志があの女を支配していたなどと、言うことができたのだろう！　ある意味では、そう、確かにそうだ。だがその一方で、彼女は、彼の奴隷であるばかりか、彼の暴君ともなった。ここに深淵あるいはタルタロスの淵が口を開けたのである。ともかく順を追って語ってゆこう。

先に言ったように、ゴーゴリは、その折々に好みの女のタイプをこしらえようと手を加えていた。かくして、まったくの偶然から、出来上がった形が、まさに完璧に、彼が望んでいた姿そのものとなることがあった。そんな時ニコライ・ワシリイヴィッチは『盲目的に』（彼の言葉によれば）恋に落ち、彼の愛が唐突に冷めるまで、しばらくは彼女も同じ姿を保っていた。これほど激しい愛、今日言うところののぼせ上がった状態は、文豪のいわゆる夫婦生活において三、四度しか訪れはしなかった。忘れないうちに言っておくと、その結婚なるものの何年か後には彼も妻に名前をつけていた。『カラカス』という名だったが、わたしの記憶違いでなければ、これはベネズエラの首都の名だ。どうしてこんな名をつけたのか、わたしには想像もつかない。まったく、高貴な魂は気まぐれだ！

その通常の形がどうだったかというと、カラカスはいわゆる美人で、グラマーな上にどの部分も均整がとれていた。すでに触れたように、彼女は女性のあらゆる特徴を細部にいたるまで忠実に備えていた。とりわけ彼女の生殖器官（生殖という言葉がここで意味を持つとして）は注目に値した。忘れがたいあの夜、後で話すことになるが、その時にわたしはじっくりと観察する機会を得たのである。それはゴムを巧妙に折重ねてできていた。見落とされた部分は何もなく、内部の空気圧はもちろん、さまざまな工夫が実践的な使用を容易にしていた。

カラカスはまた、たぶん鯨のひげでできた、おおまかな骨格も備えていた。特に胸郭、骨盤、頭蓋は見事な造りだった。初めのふたつの部分は、これを覆ういわば皮下脂肪層が薄い時には、当然ながら、どんなものなのか見ることができた。ひとこと付け加えておくと、実に残念なことに、この美しい作品の作者の名を、彼は決して言いたがらなかった。その頑なな拒絶には今もって理解できないものがある。

ニコライ・ワシリイヴィッチは自作のポンプで妻を膨らませていた。今日あちらこちらの工作所に置かれているような、脚の間に挟んで使う方式だった。彼女の肛門に小さなバルブがついていて、言ってみれば心臓の弁と同じ仕組みになっていた。つまりいったん空気を入れると逆に洩れることはないのである。空気を抜くためには、口の中、喉の奥にある栓を取り去らなくてはならない。しかしながら……！　けれど先回りはしないでおこう。

ともあれこの人形がどんなものだったかは十分にわかったと思う。だがさらに、彼女の口に輝く素晴らしい歯と、たとえ動かずともまるで生きているような褐色の眼、これらを忘れることはできないだろう。ああほんとうに！　生きているような、というのは言葉だけのことではなかったのだ。しかしながら、カラカスについて何を語ろうとも、ぴったりと的を射ることはない。この眼にしても、色を変えることができた。かなり煩わしい特殊な作業だったが、時にはゴーゴリもその気になったのである。そして最後に、一度しか耳にしたことはなかったが、彼女の声について話さなくてはなるまい。しかしこの夫婦の関係の核心に触れない限りは、これは不可能なことなのだ。ここから先はもう筋道だてて話すことができそうもない。今までのような確信をもって答えることもできないだろう。良識に照らすなら、自分にはまったく話せないくらいだ。それ自体が信じられない事であるし、わたしの心の中でも、話しはじめるや否やすっかり混乱してしまう。ともかく、支離滅裂だとしても、いくつかの記憶をたどっていくことにしよう。

はじめて、つまり、最後にカラカスの言葉を聞いたのは、ひっそりと静まり返ったある夕べだった。わたしはその女が、なんと言えばよいのか、〈暮らして〉いる部屋にいた。そこはいくらか東洋風に飾られた、窓もない閉ざされた部屋で、家の一番奥まった場所にあった。彼女が話すことはわたしも知らないわけではなかったが、いったいどのような時なのか、ゴーゴリは決して言いたがらなかった。わたしたちはその部屋に二人きりで、いや三人でいた。ニコライ・ワシリイヴィッチとわたしはウォッカを飲み、ブトコフの小説について議論していた。まだよく覚えているが、彼はテーマからかなり逸脱し、相続法を根本的に見直さなくてはならないと力説していた。すでに彼女のことなどわたしたちの頭にはなかったのである。その時だしぬけに、かすれた小さな声が聞こえた。牡牛座に憩う金星ヴィーナスの声のように――うんちがしたいの――。わたしはぎょっとして飛び上がった。空耳かと思って彼女を見つめる。壁によせたクッションの山の上に座っていた。あの日は金髪でグラマーな優しい感じの美人だった。彼女の顔に浮かんだ表情は、悪意ある質《たち》の悪い冗談と悪戯っぽい子供らしさのあいだで揺れているように見えた。ゴーゴリはかっと赤くなると、彼女に飛び掛かり、喉に二本の指を突っ込んだ。とたんに彼女は瘦せはじめ、いわば、病人のように蒼白になってゆく。実際にそうだったのだろうが、おおまかな骨組みにだらしなく張り付いた皮といった姿にしぼんでゆく自分に、驚き困り果てた様子だった。彼女の背骨は（当然そうでなければ不便だったろうが）極めて柔軟にできていたので二つに折れ曲がり、へなへなと床にすべり落ちた。そんな惨めな状態で、夕べの残りの時間ずっと、わたしたちを見上げていたのである。――ほんの冗談のつもりなのか、悪意なのか知らないが、ときどき口に出すんだよ――とゴーゴリは注釈でもするように呟《つぶや》いた――そんな生理現象とは無縁なのに――。概して、他人の前つまりわたしの前では、彼は妻をぞんざいに扱っていた。

わたしたちは飲みながら議論を続けたが、ニコライ・ワシリイヴィッチはひどく困惑して、心ここにあらずといった感じだった。ふいに話を中断すると、わっとばかり泣き出してわたしの手を握り締めた。――これからいったいどうすれば？――彼は叫んだ――わかってるだろう、フォーマ・パスカロヴィッチ、ぼくが彼女を愛していたのを！――。ここで言っておくと、そのときどきのカラカスの形は、奇跡でも起きない限り復元不可能だった。それは要するに一回一回が新たな創造であり、いったん形を失ったカラカスから、かつてのそれぞれの部分の比率や圧力の具合などを、取り戻そうとしても無駄なことだった。というわけでゴーゴリはあのグラマーな金髪娘を永遠に失ってしまったのだ。これが先にも触れた、ニコライ・ワシリイヴィッチの数少ない愛のひとつが壊れた瞬間だった。彼は口を閉ざし、わたしの慰めにも応じようとしなかった。あの夜は早めに引き上げたものだ。しかしこの経験が彼の心を開かせるきっかけとなった。これまでの沈黙を破り、とうとうわたしには包み隠さず何もかも話すようになったのである。そしてわたしは、小さな声で言わせてもらえば、この事実を限りなく光栄に思っているのだ。

　結婚生活をはじめた頃、この〈カップル〉はすべてうまく行っているように思われた。当時ニコライ・ワシリイヴィッチは満ち足りた顔をしていたし、これは最後の時まで続いたことだったが、規則正しく彼女とひとつ床に入り、はにかみながら笑って言うには、彼女以上に物静かで従順な伴侶は存在しないということだった。しかしながら幾らも経たないうちに、とりわけ彼の寝起きの状態を見るにつけ、わたしは疑いを抱くようになった。実際に数年の後には、かれらの関係も変にごたごたとしてきたのだ。

　この出来事をたった一言でおきまりの説明をすれば、要するにそのころ、女が独立心をおこし、つまり自立しようという野心を持ちはじめたらしかったのだ。ニコライ・ワシリイヴィッチの奇妙な印象では、彼女が自分自身の個性を、理解不可能なことだったが、彼とははっきりと異なる人格を形成しつつあり、いわば彼の手の中から逃げて行ってしまいそうだったのだ。たしかに何か継続的なものが彼女のそれぞれの姿のなかにあった。髪の毛の色は、ブリュネット、金髪、栗色、赤毛、体形は太っていたり痩せていたり、また小麦色に焼けた肌の次には、雪のように純白だったり、琥珀《こはく》色だったり、いろいろだったが、しかしこんな女たちの間にどこか共通点があった。冒頭でわたしはカラカスをひとりの人物と見ることにたいし疑問を投げかけたと思う。けれども実際は、わたし自身彼女を見る度に、不思議なことに、つまるところ同じ女を目の前にしているという印象を拭い切れなかったのだ。おそらくはまさにそれ故に、ゴーゴリは彼女に名前をつける気になったのだろう。

ところで、すべての形に共通なその特質というのが正確なところ何なのか、これを定めるのはまた別の問題だった。たぶんニコライ・ワシリイヴィッチの創造的霊感自体なのだと言えたかもしれない。しかし実際のところ、それはあまりにも特異な性質で、彼自身とはまったく関係のない敵対的とさえ思えるものだった。つまり、さっさと言ってしまうと、カラカスはどんな姿をとろうとも、やっかいな存在、はっきり言うと敵意をもって現われたのである。結局わたしもゴーゴリも、彼女の性質をそれなりに納得のいく形で定式化することはできなかった。定式化というのは、論理的で誰にも理解できる形にするということだが、いずれにせよ、その頃おこった異常な出来事を見過ごすわけにはいかない。

カラカスは恥ずべき病気を患った、というか少なくともゴーゴリは病気に罹《かか》ってしまったのである。彼自身は当時もそれ以前にしても、他のどんな女とも接触がなかったのに。どうしてそんなことが起こったのか、どこからその不潔な病気はやってきたのか、わたしは空想をたくましくしようとは思わない。わたしが知っているのはただ、そういうことがあったということだけだ。不幸な畏友はこぼしたものだった――というわけで、フォーマ・パスカロヴィッチ、カラカスの個性というものが何だったのかわかったろう。それは梅毒の魂だったのさ！――。だが別の時には、馬鹿げて見えるほど自分を責めてもいた（彼は自虐的な傾向があった）。以前からこの夫婦間の関係は曖昧なものだったたし、ニコライ・ワシリイヴィッチが相反する感情の板挟みとなったことで、この時ばかりはまさに真に破局の感があった。彼は長く苦しい治療（つまり当時の）を続けなければならなかったが、女の方は明らかに治療のしようがなかったので、状況は良くないものだった。ひとつ付け加えれば、ゴーゴリはしばらくの間、妻を膨らませたりしぼませたりしてさまざまな形にすると、女を免疫にする事ができるのではないかと思い込んでいた。しかしこの試みは何の結果ももたらさないうちに断念されたのである。

　読者諸君を退屈させないように、簡潔に述べてゆこう。これから先わたしの報告はもっと混乱してくるのだから。そしてあの悲劇的な結末に急ごうと思う。ところでこの結末に関しても、よく分かって頂きたいのだが、わたしは自分の言葉が事実を述べていることを繰り返し主張したい。実際わたしは目撃者だった。悲しいことに！

　歳月が流れた。愛が薄れたわけではないが、たしかに、妻にたいするニコライ・ワシリイヴィッチの嫌悪はますます強くなってゆくようだった。最後の頃には、彼女への反感と愛着とが心の中で激しくぶつかりあい、彼はすっかり憔悴しやつれ果てて見えた。あんなにも豊かな表情を持ち、時には心に染み入るように優しく語りかけた彼の眼は、落ち着きを失い、今ではまるで麻薬中毒者のように熱っぽい光を帯びていた。この上もなく忌まわしい恐怖、これほど奇妙なものはないような想いに彼は憑かれていた。話題はといえばカラカスのことばかりになり、信じられないような突拍子もない非難を彼女に浴びせていた。わたしはもうついて行けなかった。彼女にはめったに会わなかったし、表面的にしか知らなかったのだから。だが何よりも、彼の感受性に比べると自分はあまりにも鈍感だったからにちがいない。それゆえ、わたしの個人的な印象は一切交えずに、彼の非難の言葉をいくつか抜き出すにとどめたい。

——これが分かるか？　答えてくれよ、フォーマ・パスカロヴィッチ——たとえばよくこんなことを言ったものだ——答えてくれよ、彼女が年をとるのが君には分かるかい？——。いつものように、わたしの手をとって、言いようもないほど感激していた。彼はまた、あんなに禁止してあるのに、カラカスが自慰にふけるといって責めていた。遂には浮気の罪まで被せたことがあった。しかしこんな言葉はますますわけが分からないものとなっていったので、これ以上はもう止めることにしよう。

それはともかく、確かだと思われたのは、年をとったかどうかはさておき、最後の頃のカラカスは、無愛想で、くそ坊主のように厳格な偽善者然として、信心に凝り固まっていたことだ。晩年のゴーゴリの倫理観、世間にも広く知られている彼の道徳的な態度に、彼女が影響を与えていたという可能性は否定できない。悲劇はある晩突然に襲ってきた。わたしとニコライ・ワシリイヴィッチは二人の銀婚式を祝っていた。残念な事にわたしたちがともに過ごした夜は、その後は数えるほどもない。いったいどんな決定的なことがあったのか。妻のことならもう何もかも我慢するしかないと諦めているようだったのに。わたしには理解できなかった。そのころ新たにどのような出来事が持ち上がったのか、わたしは知らない。だから目撃した事実だけを述べることにして、あとは読者諸君の判断に任せよう。

あの夜ニコライ・ワシリイヴィッチは、いつになく落ち着かない様子だった。これまで見たこともないほど激しい嫌悪の表情を、カラカスに向けていた。彼があの有名な『虚栄の焼却』を果たし、つまり彼の貴重な原稿を、妻に唆《そそのか》されたのだと断言する勇気はないが、焼き払った直後であり、要するにあれやこれやで精神状態は良くなかった。体調もすぐれず、ますます哀れな感じになってゆき、麻薬をやっているなという印象は深くなるばかりだった。ベリンスキーについて話している時だった。『書簡集』への攻撃的な批評に気を悪くしていたのだ。冷静に言葉をついでいたが、突然話を中断して叫びはじめた。溢れてくる涙を抑え切れない感じだった。――だめだ、だめだ、もうたくさん、たくさんだ……これ以上はもういやだ！……――。他にも支離滅裂な言葉を吐き出していたが、何を言ったのか分からなかった。後は独り言を言いつづけていた。

両手を握り締め、頭を振り、ふいに立ち上がったかと思うと、痙攣したように四歩五歩と足を運び、また座り直すのだ。すでに夜も更け、カラカスが現われた時、つまりわたしたちが彼女のところへ出向いた時、あの東洋風の部屋に足を踏み入れたとたん、彼は抑え切れずに爆発した。まるで(こんな言い方が許されるなら)耄碌《もうろく》爺のように執念深い様子だった。たとえばわたしを肘でつつきながら目配せし、馬鹿げた繰り言のように——ほら、あそこにいるぞ、ほら、あそこにいるぞ、フォーマ・パスカロヴィッチ——。彼女はといえば軽蔑の眼差しを彼に向けていた。いずれにせよ、このような『繰り言』を越えたところに、心底からの嫌悪が感じ取れた。おそらく、忍耐の限界に来ていたのだろう、実際……

しばらくしてニコライ・ワシリイヴィッチは勇気を奮い起こしたようだった。わっとばかりに泣き出したが、それは男泣きの涙と言えた。両手をねじ曲げ、わたしの腕を摑《つか》むと、ぶつぶつ呟きながら歩き回った。——だめだ、もうたくさんだ、そんなことは不可能だ!……ぼくがどうしてこんなことに?……ぼくにどうしてこんなことが?……いったい『これ』を我慢しろというのか? これを我慢しろと!……——。まさにその時ちょうど思い出したとでも言うように、すさまじい勢いで例のポンプに飛びつくと、旋風のようにカラカスを襲った。管を彼女の肛門に差し込むと、膨らませはじめた……取りつかれたように泣き喚きながら——ああ愛しているよ、ああなんということだ、愛している、可哀想に、可愛いお前!……だけど破裂するんだ。憐れなカラカス、不幸な生き物！　死ななきゃならないんだ――とこんな風に叫びつづけていた。

カラカスは膨らんでいった。わたしは彼をとめようと思ったが、動くことができなかった。ニコライ・ワシリイヴィッチは汗と涙でびしょびしょになりながら、空気を送りつづけた。おそらく勇気がなかったからだろう。彼女は歪みはじめ、お化けのようになってきた。こんな冗談には慣れていたらしい彼女は、この時まではまだ落ち着いた顔をしていた。しかしもう限界まで膨らんだと思ったからか、あるいはニコライ・ワシリイヴィッチが本気だと分かったのだろう、間抜けた表情に驚愕の影が現われ、懇願するような感じになっていった。それでもなお傲慢な態度をとり続けていたのだ。彼女は不安になり、ほとんど憐れみを請いさえしたが、間近に迫った自分の運命をまだほんとうには信じていなかった。夫の決心がどれほどのものか見抜けなかったのだ。彼は妻の後ろにいたので、彼女の表情が見えなかった。わたしは魅入られたように彼女を見つめながら、指一本動かせずにいた。とうとう内部の圧力に耐えられずに、頭蓋下部の脆《もろ》い骨が砕けると、彼女の顔は物凄い嘲笑を浮かべたようになった。彼女の腹、腰、脇、胸、こちらから見える尻、何もかもが信じられない大きさに膨れ上がった。突然げっぷをすると、しゅーっという長いうめき声を出した。どちらの現象も、説明しようと思えば、猛烈な空気圧が喉のバルブを突き破ったからと言えるだろう。最後には眼がひっくり返り、今にも眼窩から飛び出さんばかりとなった。大きく開いた肋骨はすでに胸骨から離れ、まるで、驢馬《ろば》というより牛、牛どころか象を飲み込んだニシキヘビそっくりそのままだった。彼女の生殖器、ニコライ・ワシリイヴィッチにとってあれほど愛しいものだった柔らかな薔薇色の器官は、恐ろしい瘤《こぶ》のように隆起していた。もう彼女は死んだのだとわたしは判断したが、ニコライ・ワシリイヴィッチは汗と涙にまみれながら、可愛いお前、聖女のような、優しいお前、と呟きながら、空気を入れつづけていた。

彼女はいきなり破裂した。全体がいちどきに、つまり皮膚のどこからか裂けたのではなく、彼女の全表面が同時に吹き飛んだのである。空中に散り散りになった破片は、その大きさにしたがってそれぞれゆっくりと落ちてきた。どれも小さな断片だった。はっきりと覚えているのは、唇の一部がついた頰の切れ端がマントルピースの角にぶら下がっていたことだ。ずたずたになった乳房の破片があった。ニコライ・ワシリイヴィッチはぼんやりとわたしを見つめていた。そしてはっと我に返ったかと思うと、今一度熱に冒されたように、かつてはカラカスのすべすべした皮膚、彼女そのものだった憐れなぼろを、ひとつひとつ丁寧に拾いはじめた。——さようならカラカス——わたしは彼がこんな風に呟いたのを聞いた気がする——さようなら、ほんとうに可哀想だったな、お前は……——。すぐその後に、はっきりした声で言った——火だ、火だ！　彼女にも火だ！——。左手で十字を切った。ひとかけらも見逃すまいと簞笥《たんす》の上にまでよじ登り、萎《しな》びた破片を全部集めると、炉の炎のなかに投げ込んだ。ゆっくりと燃えるにつれて、凄まじい悪臭が立ちはじめた。すべてのロシア人と同じく、ニコライ・ワシリイヴィッチも大切なものを火に投げ込む癖があったのだ。

　赤い顔をして、筆舌に尽くし難い絶望のなかでなお暗い勝利を誇るような表情を浮かべていた。憐れな残骸の火刑の場を黙って見つめていた彼は、わたしの腕を摑むと、発作的に強く握り締めた。だがこれら抜け殻の断片が灰に変わりはじめるや、何かを思い出したらしく、再びはっとして、重大な決心をした風に見えた。そして走って部屋を出ていったのである。少しして扉の向こうから苦しそうな甲高い声が聞こえた。――フォーマ・パスカロヴィッチ、――と叫んでいた――フォーマ・パスカロヴィッチ、お願いだから約束してくれないかな。これからぼくがすることを見ないって！――。わたしが何と答えたのか、彼の気を静めようとしたのか、よく覚えていない。ともかく彼は譲らなかった。もういいと彼が言うまで壁に顔を向けていると、子供にでもするようにわたしは約束を誓った。その時ばたんと大きな音をたてて扉が開く。ニコライ・ワシリイヴィッチは、部屋に飛び込むと、暖炉に向かって突進した。

　ここでわたしは自分の弱さを告白しなくてはならない。もっともあのように異常な状況では仕方がなかったと、諸君にも納得していただけると思う。わたしはニコライ・ワシリイヴィッチの許可を待たずに振り向いてしまった。好奇心の方が強かったのだ。あやうく間に合わないところだったが、彼が腕に何かを抱えて運んでくるのが眼に入った。躊躇せずに他の残り物と一緒に火に放りこむと、それはぱっと高く炎をあげて燃え上がった。わたしのなかでは『見たい』という欲望がむくむくと膨れ上がり、とうとう我慢できなくなって、だっとばかりに炉辺に駆け寄った。しかしニコライ・ワシリイヴィッチは、わたしの行く手をはばみ、胸を摑むと信じられないほどの力で押し返してきた。その物はたいへんな煙を出しながら燃えていた。彼が力をゆるめた時には、燃えつきた灰の山が残っていただけだった。

実際のところ、わたしの『見たい』という欲望があんなにも強くなったのは、先にその物を『かいま見た』からだった。一瞬かいま見ただけであるし、おそらくは、あえて余計な報告を付け足して、この真実の物語にあやふやな要素を持ち込むことは、避けるべきなのかもしれない。しかし証人は、たとえ自分に確信がなくとも、すべてを話さなければ証言を果たしたと言えないのだ。手短に言ってしまうと、その物は子供だった。もちろん血も肉もある本当の子供ではない。要するに小さな人形、ゴム製の赤ん坊だった。つまるところ、外見から判断すると『カラカスの息子』と言えたろう。わたしもまた錯乱していたのだろうか？　よくわからない。ともかくこれが、はっきりとではなかったが、この眼で見たものだった。わたしの気持ちを理解していただけるだろうか、先ほどニコライ・ワシリイヴィッチが部屋に戻ってきた時の光景を描きながら、触れないでいたことがあったのだ。彼はこんな風に呟いていた——彼もだ、彼もだ！——。

わたしがニコライ・ワシリイヴィッチの妻に関して知っていることは、これで全部言い尽くしたと思う。この後に続く彼自身の物語、その晩年の生活については、次章で語ることにしよう。ところで、どんな人間関係にあってもそうだが、この妻にたいしても、彼が抱いていた感情を解釈することは、また別の非常に困難な問題である。それは他の機会、この本の他の章で扱うつもりであるから、読者はその時まで待っていただきたい。わたしとしては、こうして議論の的となる問題に十分な光があてられ、ゴーゴリの謎とは言えないまでも、その妻の謎が解き明かされたのではないかと願うだけだ。それから、彼が妻を虐待し殴りつけていたとか他のもっと馬鹿げた非難を、わたしは暗黙の内に矯正しようとしたのだということも分かっていただきたい。自分のような卑しい伝記作者にとって、その研究対象たる偉大な人物の記憶に敬意を払う以外の、どんな意図を持つことができるだろうか？

（柱本元彦訳）

La moglie di Gogol

幽霊

当今、またしても盗賊の回顧談が流行している折柄、私もここで一つ、この長い、おかげさまで幸運に恵まれた私の経歴から珍しいエピソードを物語ってならないという理由はなさそうである。実のところ、この話は、今述べた経歴とはさして関係もないことであって、それだけにまた、その折に得た収穫はきわめて貧しいものであったのではあるが、しかし、私の考え違いでなければ、その興味たるや、その在り方こそ異なるものの、少しも劣りはしないはずである。ともあれ、事実に移ろう。

あの幸せな時代には、私もまだ若かった。つまり、若かったからこそ幸せであったのであり、まったくただそれだけの理由であった。事実は、口を糊《のり》するためのものさえ、毎日欠かすことがなかったというわけでなく、それにまた、私はまだあの平生不断の活動——ある意味では法によって保護されており、その後は私に生活の安定と繁栄すらも保証してくれた活動――を始めてはおらず、また、のちに手足となって私を助けてくれたわが生涯の伴侶《はんりょ》とも、まだ出会ってはおらなかった。つまり、私は当てもなく、チャンスとアイデアとを求めてうろついていたというわけである。こうして、たまたまひもじさの格別に身にしみる（というこの条件が、どんなことでもやってのける気に私をさせていたのだが）、とある夏の夜、私は裏街道づたいに、ふるめかしい大きな別荘屋敷の前をとおりかかったのである。そこは、いちばん近くの人里でさえ何キロメートルも離れておって、しかもその人里というのも、わが国でももっとも辺鄙《へんぴ》なこの地方の一寒村のことであった。別段、なにがしかの希望とか、あるいは野心とかのあったわけではなく、ただ単なる好奇心から、私はその庭園の入口となっている鉄の格子門ごしに一瞥を加えてみた。その一刹那《せつな》、私がそこに見たものは、私の髪の毛を総立ちにさせたのであった。

家の横手の戸口から、何やら出て来たのであったが、もしこれを幽霊と呼ばずにおくなら、かえって気違いと言われても仕方はないだろう。つまり、それは何から何まで、あの民衆の空想にとってはなつかしい、この一族の姿を再現してみせていたのであった。そして、私のおびえきった目の前を、ふらりふらりと庭園の濃い闇のなかへとむかっていったのである。私はいたずらに白い大きなその影に視線を凝らしてみたものの、折しも月のない、曇り空の夜であったし、屋敷は（その周囲ともども）無住の家とさえ言えそうなばかりに、完全な闇に包まれていた。

私としても勿論、そのとき目の前にいるのがほんものの幽霊だと考えたなどとは言いはしないが、それにしても、このようなものを目にすれば、けだるい肉体的条件ともあいまって、それだけでもう茫然自失になってしまったということは信じて頂いてよいだろう。しかし幸いなことに、そのとき、前ほど恐ろしげではない新たな亡者の出現が、事態によほど安心のできる装いをほどこすことになったのである。これは言うなれば、人間的な幽霊、人間の影であった。やはり、同じ戸口から出て来て、先ほどの亡霊に追いついてゆき、引き止めて、声をしのばせながら手短に会談を終えた。それから、こちらはまた家にはいり、残ったほうはさらに庭へむかって歩みつづけた。しかし、まだそこまでも行きつかないうちに、轟然《ごうぜん》たる銃声が建物の裏手にあたって鳴り響き、私を思わず跳びあがらせた。しかも、それでもまだ足りないというかのように、たちまち鋭い悲鳴（男の声）がこれに続き、さらに声高な、入り乱れた人声がした。いやはや、この人里離れた別荘に、いったいいかなる騒動がもちあがろうというのであろうか？　かずかずの説明が私の脳裡をかすめてとおり、すべては悲劇的なものばかりであったが、いずれを正しいとするか、にわかには判断のしようもないことであった。もっとも、それもさして手間取ることではなかった。

私はとある木蔭にひきこもっていたので、そこからのんびりと事件の推移を見守ってゆくことができた。こうして、ほどなく一団の人影、すなわち幽霊が、庭のなかをわけいって奥のほうへ行くのが見え、しかも、その折も折、女の声が、いくらかヒステリックに、泣いているとも笑っているともわからない響きをまじえて、それでもはっきりと私のいるところまで聞こえて来たのである。「だめ、だめ、そんなこと、いくらなさったって無駄でしてよ！　それよりもためしてごらんあそばせ……こわくないってところを見せておやりにならなくっちゃいけませんのよ。そうすれば命令どおりになってしまうんですの。さあ、はやく、こちらに、私たちも参りますわ」それから二分ほどもたったろうか、今度は男の震える声が、大声で唱えはじめるのが聞こえた。「神の御名により汝《なんじ》に命ず……」（あとはもう、わからなかった）

つまるところ、説明は簡単なことで、しかもしごく呑気《のんき》なことだったのである。この殿方たちは、お頭《つむ》の少々単純な友だちをからかって悪戯《いたずら》をしていただけなのである。どうやら、屋敷のなかに幽霊が住んでいると信じこませて、こうして、今ではみんなして蔭にまわっては笑い物にしているというわけであった。その証拠に、ちょうどそのとき、二人組の幽霊がくすくすと笑いをこらえながら走って来て、家の横手のもう一つの戸口から、なかへはいっていったのである。

さて、先を急ぐので早速、ここで言っておくことにするが、それまでは一般的な興味、純粋な好奇心という域を越えなかった私の関心が、たちまち個人的かつ合理的なものへと移るには、この発見があれば十分であった。事実、私が活動をはじめ、またその結果として私の飢えを癒《いや》すというために、これ以上のどんな好機を見出すことができたであろう？　ごらんのとおりの大騒ぎで、戸はあけ放し、どこもかしこも真っ暗闇、その上、大層な気まぐれの虫がこの家の主人たちのお頭に巣食《つむ》っているとわかっている以上、屋敷のなかに忍び込むのは、この上もなく造作のないことであった。目のまえの門を越えることでさえ、誰にも気づかれずに易々《やすやす》とやってのけられたはずであったたし、それには何の疑問も私は抱いていなかった。要するに、たった一枚のシーツさえ手に入れることができれば、しめたものだったのである。そうすれば、私は文字どおり、安全無事、隠れ蓑《みの》に隠れたようにことを運ぶことができたのである。

ふたたび何発かの銃声が、うかがい知れぬ庭園の奥深くでこだまして、さらに一発、屋敷からもこれにこたえた。この瞬間こそ、逃すべからざる絶好のチャンスであると思われた。私はもう人影の見えなくなった道には目もくれずに、あっというまに、あまり門から遠くない建物の壁にひらいた大窓の鉄格子の上によじのぼっていた。ここから壁の頂点まではほんの一跳びであった。屋根の上にあがってみれば、それはどうやら柑橘《かんきつ》樹用の温室の上であるらしく、そこから私はまた難なく庭におりたった。さて、あらためて私は足を止め、思案した。第一にあの銃声の一件があり、これは私を少なからず不安にさせた。いったい、彼らは誰にむけて、何にたいして発砲しているのか、よくわからなかったが、それにしても発砲しているのは事実であり、ことは慎重を要した。第二に、先ほど考えたことはすべて、それでよいとしても、何といっても家のなかにはいりこむのである以上、だれかと鼻を突き合わせるという危険にはつねにさらされているわけであり、私が何者なのか見抜かれる、あるいはむしろ、全然見抜かれないでまごまごされてしまうということもまたあり得ることであったのだ。それに、家のなかへはいってゆく前に、いったい、どのようにしてシーツなり、あるいは何かしら同様のものを手に入れるべきであろうか？　しかし、やがておわかりになるとおり、つねに目を光らせて、頭をしっかり働かせることのできるものなら、チャンスは必ず訪れるものなのである。

用心をしながら、私は庭の、年へた木立のかげに隠れて進んでゆき、こうして家の周囲をまわって、もう少しあちこちを検分しておこうとした。すでに深い闇にも慣れてきた私の目には、ぼんやりとではあれ、邸内の模様の一つ一つが、ようやくはっきりと見分けられるようになっていた。私のまわりには、絶え間ない枝のそよぎ、踏みしだく物音が聞こえていたが、折しも、それがあまり間近くなって、私はあわてて、すぐそばに聳《そび》えていた、塔であったか四阿《あずまや》であったかのかげに身を潜めないではいられなかった。ところがその場所からは、屋敷の鈍《にび》色をした裏正面の壁がすっかり見渡せたばかりか、いくらか斜めに、その同じ壁の根もと近く、灌木の大きな茂みを背にしてじっと動かない幽霊の姿も一つ見えていた。しかし、にわかに窓の一つに明るい人影があらわれて、鉄砲とおぼしきものをふりかざしたが、たちまちまたもう一つの人影が、何やら大声を発しながら、引き止めようとする様子でこれにとりすがった。「放せ、放せ、放してくれ！」と、最初の影は躍起になってわめきたて、手にしていた武器からは、その火によって察するところ、幽霊にむかって一発、飛んで出た。それっきり、予期したとしてもおかしくはないはずのできごとは何一つ――撃たれたものの悲鳴も、また同様の何らかの反応も――何一つ起こらなかった。白い影は、倒れもせずにちゃんと、その場に立っていた。まことに明々白々たることではあったが、私自身がすでに想像して、またやがて確認することができたとおり、幽霊は自分がねらわれていると見てとるや、さっさと白衣を脱ぎ捨てて、茂みのなかを転がるように逃げだしたのであった。ともあれ、こうして私は、必要な注意を払いながらも、待望してやまなかったシーツをようやく手に入れることができた。弾丸《たま》があたっていたので、まずはほどよい大きさの穴はあいていたけれども、目的には完全にかなっていた。もうこれで、屋敷のなか、あの殿方たちの生活のなかへ、たとえ束の間とはいえ、はいりこむ用意ができあがったというわけである。こうして少しのあいだ、私はこの屋敷のなかで鼠の役をしたのであるが、というのはつまり、音もなく神出鬼没の行動をつづけるこの動物は、人からは見えないところで、我々の話を残らず聴きとり、また行動を、どんなに抜かりなく振舞おうとも、残らず見張っているのであって、その存在ばかりは、たとえあの騒々しい運動会によらずとも、誰一人、疑うわけにはゆかないからなのである。

私はかまわず戸口の一つへ顔をだし、なかへはいった。しかし、ここまで来たところで、私は所詮、文筆の徒ではないのであるから、探索の経過と事情を逐一、書きしるすことはあきらめ、またその辺の効果もいっさい犠牲にして、結果だけを報告することに留めておく。要するに、かしこで覗き見、こなたで聴き耳をたて、また必要があれば、みずから発見の危険にも身を挺し、こうして、たちまちのうちに完全に様子をのみこんだ上、多少とも、家や敷地のなかを迷わずに往来できるようになってしまった。住人についても、一時間ののちには、いつも顔を隠してうろついている何人かの幽霊をのぞいて、みな覚えてしまい、むしろ、信じられないほどの完璧さで、一人一人を見わけられるようになっていた。というのも、目がもう完全に慣れてしまったということを別としても、忘れてはならないのは、いくらかなりとも戸外の明りを取り入れるために、戸という戸や窓という窓はすっかりあけ放ってあったということである。また最後に、必要のないことなのかもしれないが、私として断っておかなければならないことは、ここに私が闖入《ちんにゅう》した唯一の目的は明らかに盗むというだけのことであったにもかかわらず、やみがたい好奇心のために、私が必要以上、そのことに深入りしてしまったということである。

それでは概略だけを述べておこう。この家は、すでに言ったとおり、ふるめかしい大きな家であって、間取りは複雑をきわめていた――無数の廊下や通路、行燈《あんどん》部屋というのか部屋の内部のもう一つの部屋、反対にやたらに入口の多い、それも秘密のものらしいものまで備えた部屋、同じ階でもしじゅう高さの変る床、そしてむやみと広い地下室。その上、内部のしつらえは、さまざまなカーテン、壁掛け、敷物の氾濫《はんらん》によく調和していた。要するに、一言をもって言えば、ふるい地方紳士の館ということになる。そして、折しもそこで繰り広げられていた悪戯《いたずら》には、最適の舞台というわけであった。この家の主人はとある伯爵であり、ほとんどいつも腹心の小作人頭兼支配人と妹をお供にしたがえ、あちこち歩きまわっていた。ほかには、一家の友人でありおそらくは親類にもあたる男（この悪戯を最初に思いついた張本人）、そしてもう一人、親類筋の友人、さらに伯爵の妹の遠い親類とか友だちとかいう婦人、そして当然のことながら、からかわれている御当人、いくらか金髪がかった、ずんぐりと小柄な、男爵という人物がいた。総勢、男五人に女二人。もちろん幽霊は、男も女も、自明な理由によってその数を明らかにすることができないのでかぞえてはいないが、すべて屋敷内の奉公人や、別荘番とか、又小作《またこさく》の百姓一家のものとか、その他大勢（別荘にはまた相当の所有地が続いていたにちがいなかった）の一統のなかから徴発されて来たものばかりであった。小作人頭みずから、必要な場合には幽霊になることもあった。この男にしても、御主人がたにしても、また御婦人も含めて、みなそれぞれに猟銃やら、新式や旧式のピストルやらでしっかり武装しており、めいめいかってに、あけ放した窓から、何の理由もなしに宙にむけ、あるいは植木をねらって、また、のちに述べるが、絶対に負傷しない幽霊めがけて、滅多やたらとぶっ放していた。つまり、景気づけに、競争で、男爵のお頭《つむ》をますますおかしくさせるためにぶっ放していたのである。男爵もやはり銃をもっており、やはり同じように射ちまくっていたけれども、こちらはさまざまな種類の幽霊の区別などおかまいなしであった。ただ、彼の薬莢《やっきょう》は手渡すまえに、その都度《つど》、巧みに《去勢》され（すなわち、この場合は、実弾を抜かれ）ていたし、たいがいは、何とか彼の注意と銃口を、弾丸《たま》を受けても安全な物にむけるように試みられていた。とはいえ、このような操作が（ちょうど、前述の、私が例の白衣を手に入れたときのように）手遅れになるということもなきにしもあらずというわけで、つねに目を光らせている必要があった。その上、このようなさまざまな事情を全体として見るならば、この悪戯《いたずら》そのものが人身にたいする重大な危険を含んでいないわけではなく、それだけにまた、おそらくますます刺戟的に思われたのでもあろう。要するに、殿様がたのお遊びなのである。屋敷が真っ暗闇のままであるのも、明るいところでは幽霊が姿を見せないという、立派な理由があったのである。しかしそれならばなおのこと、男爵としては、明りをつけたままにしておくとか、あるいはその都度つけてみるとかするだけで、幽霊たちをそっとしておいてやれたはずであろう、というもっともな異論も出るかもしれない。だがそれはたぶん、彼自身の望むところではなかったのであろう。言い換えてみれば、よくあることだが、彼の場合、単なる恐怖心よりもこわい物見たさというあの魅力のほうが強かったのにちがいなかった。あるいは、やむにやまれぬ勢いで、挑戦のために、彼が自分から照明の中止を要求するに至ったのかもしれないし、その上、今では怪しい魅力にとらわれたようになっていながらも、それでも、どうやら形式主義的で尊大であるらしいその精神のせいで、ほとんど科学的とまで言いたくなるような関心を、このさまざまなお化けの出現の仕方に見せていたのである。あるいはまた、インチキを見破ってやろうという幻想を今もって捨てきれないでいるのかもしれなかった。とすれば、これこそ空《くう》の空なる幻想の最たるものであったろう。というのは、この男のように粗忽《そこつ》な人間もまたいないくらいであって、彼がするようにさっさと通り過ぎてしまうのでなければ、こんなことが見破れないなどというはずのあるわけがなかった。とはいえ、つまるところ、私はことのなされたあとにやって来たものであり、そうなったことについては、なぜとか、どうやってとか口をはさむ筋合いはなかったのである。ただ、一つだけ言い添えておくならば、ともあれ彼らは、こともあろうに電源のヒューズまでもはずしていたという始末であった。

さて、この人たちはだれもかれも、大声をあげたり、笑ったり（ただし蔭にかくれて）、鉄砲を射ったり、種々さまざまのやり方で騒ぎたてたり、そして幽霊は幽霊で、現れたり消えたり、脱皮したりしながら、自由自在、かって気ままに、こっちの部屋からむこうの部屋へ、上へ下へ、内よ外よと、目まぐるしいばかりに渡り歩いていた。屋敷のなかは、地下室から屋上のサン・ルームにいたるまではもちろん、また庭のなかでも、すべて彼らの戦場であって、立ち入りの許されていない部屋とか四阿《あずまや》とかいうものなぞ、何もなかった。他方、私にしてみれば、私の立場を維持する唯一の方法は、私もいっしょになって幽霊の役を活潑につとめることでしかなかったから、こうして仲間たちの動きにつれて走りまわってみたり、あるいは自分の仕事へ引き下がってみたりしていたのである。私は完全に気づかれずにすごしていた、と言って悪ければ、同じことではあるけれど、私の存在が注視の的となっているときでさえ、どこにあっても、それ自体当然のことと考えられていたのである。ときどき、言葉をかけてくるものがあっても、ただ簡単な身ぶりだけで応答するか、あるいはいっそ、まるっきり答えないでおくかしても、場合が場合だけに、それで許されるのであった。

私はまず台所の訪問からはじめ、そこで、何の苦もなく口中に納めるものを見出したのであった。つづいて、私の嚢中《のうちゅう》もまたきわめて飢えていたので、これもさっそく、満腹させてやるための仕事にかかった。しかしこの殿方には――神よ、彼らを守らせ給え――その他もろもろの貴族的な好みに加えて、穴あき銭にたいする大層な御趣味があって、皆がもっていたものをあわせても、屋敷のなかにはきわめて心細い額しかなく、それは公言するのも恥ずかしくなるようなものでしかなかった（事実、小作人頭の家のほうが、もうちょっと余計にもっていたくらいであった）。私は宝石か貴金属を失敬しようと思ったのだが、それでさえ、それ以上の幸運にありつけたわけでなかった。ほんとうに値うちのあるものをもっている場合には、もちろん、それは身につけてもっているか、さもなければ嘆かわしい習慣に従って、銀行に埋もれていて、だれの役にも立たないというわけである。御婦人がたの化粧机の上から、私はわずかに耳輪一対、笄《こうがい》二三本、腕飾り一個、そのほか、かなり品質の劣る宝石若干を拾得したが、まずそれだけというところであった。総括して、一か月、ないしせいぜい二か月分の生活費であったろう。まあ、それも仕方のないことである。いつでも即座に望みの品が見つかるようなら、我々の仕事もあんまり簡単すぎるということになるだろう。それどころか、これにもやはり、慎重さのほかに、熱意や、勤勉なねばり強さや、強健さや、またその他さまざまの、多かれ少なかれ枢要な美徳が必要なのである。

「神の御名に（われらが主なる、と女が助け舟をだした）……ああ……そう、そう。われらが主なる神の御名により汝に命ず、すっかり姿を見せるのだ。それから右へ曲がれ。それから左だ。さあ、そのまま地獄へ（あら、違うわ、汝の現れし地獄の底へ、よ）……さあ、そのまま汝の現れし地獄の底へ消えて失せろ……」

ここでは、またもや男爵が庭の石塀のまえに立って、お歴々に取り囲まれながら、だれかが長い連枷《からさお》を使ってむこう側から操っているぼろきれの、不細工《ぶさいく》な人形にむかって命令しているところであった。

「どうだね、うまくいったろう?」

「ふうん、まあねえ……ああ、またもう一つ。ほら、ほら、あそこ、むこうのほう……」

ところが、これはいっこうに呪文のとおりに動かない。おそらくは、人形使いが置き去りにしていったものであろうが、男爵はそれを目がけて、大型拳銃の弾丸《たま》をありったけ射ち込んでしまったのである。

「ほほう！　で、どうしようってつもりだい？」

哀れにも、お人よしのこの御仁、顔を両手で覆って家のほうへ逃げだしてしまった。

「頼む、きみ、こっちへ来てくれ。今度こそ、ほんとうにもうたまらない」と、しばらくしてから、ようやく息も絶え絶えに、張本人とも言うべきあの第一の友人の腕をつかみ、さらにはしっかりと抱きつきながら言うのであった。「きみ、誓ってくれるかい？　紳士としての名誉にかけて、これは全然インチキなんかじゃあない、ぼくをからかっているんじゃないって、きみ、ほんとうに誓ってくれるかい？……」

「誓うとも」と、こちらは声高に、もったいらしく答えたものであったが、この男、紳士の名誉についてはごく大まかな考えしかもっておいでなかったにちがいないか、それともジェズイット派による教育のせいか、後をむいて赤んべえをしてみせようと、犬みたいに片足をあげてみせようと、そのほかどんなことがあるかしらん、いっさい平気であったのだろう。男爵はすんでのことに大声あげて泣きださんばかりの顔になっていた。

実は、私はこのとき初めて、ロレンツォ（第二の友人）とマルタ（伯爵令妹）、二人の振舞いに好奇心をかきたてられたのであった。事実、一方ではこれほどドラマチックなやり取りがかわされていたというのに、この二人は、見受けたところ、そんなことは委細かまわず、ただ熱烈な視線をむけてたがいにじっと見かわしていたのであった。いや、いっそう正確に言うならば、半ば彼女のほうに顔をむけて女を見つめていたのは男のほうであり、女はその場に立ったまま、ぼんやりと、自分の靴の爪先を見つめていたのであった。男は年のころは四十ばかりであったろうか、背は高く、風采《ふうさい》も立派であった。女のほうは、どことなく疲れたようなその風情《ふぜい》から察するに、おそらくは二つか三つ年上でもあったろう、それでいて髪は黒く、体つきもしなやかであり、また目ばゆいばかりのその肌の色はほのかな光を放っているかのようにさえ思われ、いまだに生娘と変らぬ初々《ういうい》しさを残していた。しかし、ちょうどそのとき、おそらくはまた何やら新しい仕掛けを用意しにいっていたのであろうが、兄伯爵が、例の小作人頭をつれて戻って来て、無残にも彼らの恍惚と、また私の観察を打ち破ってしまったのである。

幽霊はそのほかにもまた、虚実とりまぜさまざまのが、いかにも荘重に、屋敷のなかの、繰返して言えば、ありとあらゆる部屋に、じっと佇《たたず》んでいたり、ゆっくりと移動したりしていた。といっても、虚のほうばかりは始終あっちこっちに動かしておかなければならなかったけれども、それというのも、今では破れかぶれの勇猛ぶりを発揮しはじめた男爵が、あまり間近に寄って来て、シーツを取ってみたりしてしまわないようにというためである。この種の幽霊についてさらに言うならば、そのなかのいくつかは文字どおりの《成功》を博したものであり、それらがこの私自身にも、また、紛れもないところであるが、伯爵とその御歴々にさえ与えた奇妙な印象についても言っておかなければならないだろう。いや、もってまわった言い方をやめれば、あの暗闇のなかでは、ときには、私たち自身まで慄《ふる》えあがってしまったくらいなのである。それに、演出上のさまざまの細かい技巧を言っておくのを忘れていたけれども、鎖をひきずる音や、呻《うめ》き声、泣き声、あるいは白衣をばたばたさせる音、何もかも申し分なく無気味で、ぞっとするような音ばかりであった。かてて加えて、ときおり、しめ殺されるような男爵の悲鳴が聞こえていたが、我々自身の気持が以上のようなありさまであったのであるから、彼の心中たるやもって思うべきものがあったのである。

こうして騒々しい追いかけっこととともに、時は刻々と過ぎていった。もうかなり遅い時刻になっていた。

「じゃあ、来てくれるかい？　来てくれるね？」

ロレンツォの言葉には、せっぱつまった悲痛な響きがこもっていた。彼とマルタは、だれもいないと思ったのであろう、私のいる部屋にはいりこんで来て、私をドア・カーテンのかげに追いやり、押し込んでしまった。当然、カーテンのむこうにはドアがあり、ここもまたすべての出入口と同様にあけ放されてあったのであるから、私としては、かってにそこから出ていってしまっても、いっこう差し支えはなかったわけである。ところが私は、そうはしないで、その場にとどまった。

「来てくれるね？」

「いいえ、そんなこと……できませんわ」

「でも、なぜ？　せめて、わけぐらい聞かせてくれてもいいじゃないか？」

「なぜって……だめよ、ロレンツォ、ほんとうに、おうかがいできませんわ。わたくし……外出しませんの」

「でたらめだ！　きみはしじゅう出かけているじゃないか、自動車でも、歩いてだって出かけるさ、叔母さまたちに会いに行ったり、村へ行っていろんな用をたしたりするじゃないか。何の面倒もありゃしないさ……ほんの三十分でいいんだ、ぼくの家に来てくれ、三十分以上ひきとめたりはしないって誓うよ。ぼくの家ならだれもいやしない、知ってのとおり、ぼくは犬みたいに一人ぼっちだもの。来てくれるね？」

「いいえ……だめですわ。それに、もし兄が……」

「兄さん、兄さん！　いつでも兄さんのことばかり！　あなたぐらいの年になれば、自分の好きなようにしたってかまやしないんだ。それに兄さんだって馬鹿じゃない。たとえだよ……ちゃんとわかってくれるさ、きみがたとえ……」

「わかっていらっしゃらないのよ、あなたは……」

「まただ！　でも、それがいったい何だってのさ？　いいとも、兄さんには言わなくったっていいさ。でも、もしかしたら、きみはぼくが何するると思って、それで……いや、マルタ、ぼくはそんなこと考えてもいやしない。ぼくはただ、せめて一度は、ちゃんと話し合っておきたいと思っていただけなんだ、びくびくしたりしないで、落ちついて話のできるところで……それとも、何かい？……ああ、やっぱりまた、ぼくばかりしゃべっているじゃないか、いつもと同じで。きみから説明を聞かせてほしいんだ、何でもいい、ぼくにわからせてほしい、何か言ってもらいたいんだ」

「でも、何も言うことはございませんわ。あなたはもうすっかりご存じでしょう。わたくし、すっかり申しあげましたもの」

「何を？　何を言ってくれたことがあるんだい？　きみはただ、ぼくの家には行けない、ほかのことだって、何にもできないって、それだけのことしか言ってくれないじゃないか。せめて、嫌だとでも言ってくれればいいのに」

「ええ、そう、そのとおりですわ、わたくし、嫌です」

「でも、それは出まかせだ！　神かけて、出まかせだ。嘘だ、侮辱だ！　いいかい、きみは一度だって我を忘れるってことができないのかい？　そう、感情に身をまかせて、胸のなかに人知れず抱いているそのわだかまり、蛇みたいにとぐろを巻いてきみのその心を凍らせている冷たいものを解きほぐすってこと、そして声を、言葉を、そうとも、人にむかって、ぼくみたいに愚かな者にでも語りかけることのできるような言葉を、見つけるってことはできないのかい？

……」

「ロレンツォ、わたくしを苦しめないで」

「聴いてくれ、マルタ。ぼくはきみを愛している。でも、きっときみは信じられないんだ、いや、信じてみたいとどんなにきみが努力したって、到底きみには信じることができないんだ。それを、きみは用心深いせいだと言っている。でも、単なる用心深さっていうんじゃない、それは……そうだな……もっと激しくおさえがたい感情、もっと横暴なもの、もっと……つまり、きみは雪を頂いてそびえている山のように冷たく高慢で、エゴイスト……いや、何てことを言っているんだ！　きみはそんなことばかりじゃない、もっともっと甘く優しいもの……きみを見つめていると、ぼくはきみを抱きしめたいという、どうにも抑えることのできない思いに駆られてしまう、きみを……きみは目ばゆく、しかもあたたかい恵みを放っている……ほっそりと長いきみのその手、その歯、輝くばかりのその目もと……いや、ごめん。こんなことを言いたかったんじゃなかったんだ。でもきみは、ぼくにばかりしゃべらせていて、黙ってばかりいるんだ！　ぼくはきみが好きだよ、でも、きみだってぼくが好きなんだ、ぼくは知っているんだ、間違いっこないさ、きみのその目、その声の震え方、ありとあらゆることから、ぼくはわかるんだ。それなのに……」

「ロレンツォ！　そんなふうに言わないで頂戴、ロレンツォ！……でも、あなたはじき町へ戻っていっておしまいになり、わたくしのことなぞ、もう思い出してもくださらないのでしょう？いつお発《た》ちになりますの？　なぜすぐお発ちになりませんの？」

「いけないよ、マルタ、そんなふうにするなんて！　きみは自分で自分をいじめているんだ。氷のようなその手で自分の心臓をつかんで、そのときめきを抑えようと、自分を殺してしまうんだ……きみが恐れているのは、そんなことなのかい？　ぼくがいってしまって、きみを忘れてしまって？　それとも、ほんとうに、そうしてもらいたいのかい？　でも、聞かせてくれ、話してくれ、何か説明をしてくれないか？　きみが恐れているのは、いつかはぼくがもうきみを好きではなくなって、それでもきみがぼくを愛し続けるかもしれないということだろうか？　きみの自尊心は、ありもしないそんなことを、けっしてあり得ないようなそんなことを、今から苦しんでいるのかい？　それとも……いやいや、ぼくはきみと結婚したいんだ、明日にだって、ぼくはきみと結婚することができるんだよ、マルタ」

「ああ、ロレンツォ、わたくしを打っちゃっといてくださいな、膝をついてお願いをしなくてはいけませんの？」

「おいで、マルタ。きみの手をかしておくれ」

「いいえ、いけないわ。よくって？ もしもあなたがそんなふうに思って……わたくしにそんな気持を起こさせようと望んでいらっしゃるのでしたら、どうしてもっと早くそうしてくださらなかったの？ いまでは、もう遅すぎますわ」

「遅すぎる？ 何を言っているんだい？ なぜ遅すぎるんだい？」

「わたくし、もうお婆さんですもの」

「おい、マルタ、そんな馬鹿な話はやめておくれ」

「いいえ、そのとおりですわ、わたくし……わたくしの口からはお話するのもむずかしいことばかり、何もかも……そりゃあ、わたくしだって、どなたか、あなたのような御方のためなら何かしらにはなってさしあげられると思っていたときはございましたわ……でも、もう遅すぎるんです。よろしくって？ もう完全に遅すぎますわ」

「ああ、そうだったのか！ しかし、それじゃあ、あんまり情《つれ》ない話じゃないのかい、以前だったら、もっともっと与えることができたという、たったそれだけの理由で（よしんば、それがほんとうだと仮定してもだよ）、現在可能なものまで与えようとしないなんて――きみが愛している男にたいして、もうきみのその美しさ、青春を、完全な輝きのままに捧げることができなくなったからといって（それだって、やはり、ほんとうだと仮定してのことだけれど）、それだからといって、きみの愛を自分から否定するだなんて！　そんなことってあるものか！」

「でもロレンツォ、わたくし、あなたを愛してはいなくってよ。昔なら、あのころなら、きっと、あなたを愛することはできたかもしれないわ。でも、もう今はだめ、できないわ、愛してはいけないいんですわ」

「ああ、またしても、何ていう侮辱だろう！　ぼくなんか愛してはいないときみがそう思っている、いや、ただ口先でそう言っているのは、身も心もこの愛情に飛び込んでみようという気持がきみにはまるでないからなんだ、きみ自身の性質がどんなことであれ陶酔することを拒否してしまうからなんだ。でもきみはためしてみなくちゃいけない……ああ、これだ、またぞろ、義務、しなくちゃいけないというこの言葉。いったい、誰にたいする、それとも何にたいする義務なんだ？　みずからの生命、自分自身の血を代償とする義務なのか？　そんなものを、ぼくは知りゃしない。ぼくにわかっていることは、たとえきみ自身がそうは思っていなくても、きみはぼくを愛しているっていう、それだけだ。一度でいいから、ためしてみないかい？　ほんのちょっとだけ、ほんの一瞬間だけでいい、そのきみ自身の王国をだれかにゆずってみないかい？　ただためしてみるだけ、それだけのことを、なぜやってみないのかい？　それによってどんなに甘く快い思いが得られるか、たとえ相手が何もかも間違っているとしても、その安心感、やすらぎがどのようなものなのか、きみに想像することだけでもできたなら！　第一、間違っているかどうかなんて、そんなことが問題なんじゃないんだ、絶対に間違いのないようにするなんてことは、何の役にも立ちはしない、ただするということだけ、こんなふうに、二人してやってみるという、それだけでいいんだ。おたがいにもう孤独ではない、それだけでいいんだ。ぼくたちは二人とも、一人ぼっちさ。でも、ぼくはもう一人っきりではいたくない、きみが一人っきりでいるのだって嫌なんだ。ぼくたちのこの役にもたたない知性、このわずらわしさ、退屈をかかえて──そうだよ、まさしくそれぞれの義務に縛られながら、おたがいに一人ぼっちなんだ。でも、二人になれば、何もかもすっかり変る。あらゆることに、この退屈さにさえ、意味が生まれるんだ。知性だって──前にも言ったけれど、この世の中でいちばんの無用の長物であるあの知性までが、何かの役に立つかもしれないようになるんだ……きみは従姉《いとこ》だし、肉親のつながりという点でだって近いんだ。血縁のこの関係がぼくたち二人に、どれほど共通のものを分け与えてくれているか知れやしないよ！　きみは、ぼくにはいつもあたたかく、また身近なものに思われていたし、ときにはとても遠く感じられることもあったけれど、ほんとうは、もうきみは、とうからぼくのものだったのさ。子供のころから、ぼくは……」

「ああ、きみたちか。こっちへ来たまえ、これからとても愉快なことがあるからね」

小作人頭と声をしのばせながら笑い合い、話し合って、伯爵が部屋を通りかかってゆくところであった。二人のほうは、かろうじて離ればなれになるだけの余裕しかなかった。

むこうでは、またもや何やら男爵の珍妙ぶりがはじまっていたのである。彼は相も変らず、またいつまでも、幽霊どもを追い払ったり、あるいは心ゆくまで幽霊見物を楽しんだりして、いっこうにやめないのであった。

まもなく二人はまた別の部屋へいって、先ほどの続きをはじめたのであるが、私はわざわざそこまで二人のあとをつけていってみたのであった。すでにふれていたとおり、かすかに光を放つかのようなその肌の色のおかげで、私は彼女の仕草の逐一をはっきりと見てとることができていた。しかも、このときには彼女の心はいくぶんほぐれてきていたので、それだけに、豊かに響くその声は、ときおり慄《ふる》えすら帯びて、あたかも、暗く燃えているこの辺地の声そのものというようにさえ聞こえるのであった、——抑えることのかなわぬ秘密の情熱、自尊心、無限に入り組んだわずらわしさや、さまざまの障害、感情を表に見せることのむずかしさ、希望もなくうち捨てられていることのあきらめ、高い品位の保証とされる手なずけがたく疑り深い純潔さ、いっさいを灼きつくし、またいっさいを犠牲に捧げて厭《いと》わない因襲の野蛮な力、そして色褪せるまで言いふるされて来た義務の数々を秘めて……。これこそ、われわれの心をかきたてる辺境の声。そこでは、人間の、あるいは男女の権利に配慮を払うがごとき、「実際的かつ合理的」な解決など存在もせず、気高くも非人間的に些細な体面のために死んでいったり、片言隻句のために生命を失うということさえもあり得たりする。そこではすべてが重みをもっており、言葉そのものでさえもが、今日ほど卑俗ではなかった時代のこだまなのである。

　邸内の絶え間ない、種々さまざまの物音も、この語らいをきわ立たせる単調な背景のようなものであった。

「マルタ、きみはなぜそんなに自分の人生を粗末に投げ捨てたがるんだい？」

「だって、わたくしはもうそんなもの、とうに捨ててしまいましたもの……あのときに」

「じゃあ、いいよ。今度はきみのために話をしよう、もうぼく自身のことは考えないで。さて、それじゃあ、なぜきみは自分の人生を捨ててしまったんだい？」

「なぜって！　わたくし……わかりませんわ。きっと、わたくしが馬鹿だったからですわ。たぶん、あなたの仰言《おつしや》るとおりよ、自尊心のためね。わたくしには予感がありましたの、わたくしに似つかわしい方はどんな御方なんだろうって、自分で決めておりましたのよ、でもわたくしの心に触れるような御方はどなたもいらっしゃらなかったのですもの……それで、時がたって、もう今では、さっきも言ったとおり、遅すぎるっていうわけですわ」

「でも、何をするのに、どんなふうに、遅すぎるんだい？　きみはきみの人生を無駄に送ってきたわけじゃない、それどころか、この歳月を通じて、きみは自分の内面に蓄《たくわ》え、積み重ね、さらに豊かに発酵させ続けることしかしてこなかったんだ。ただの一かけらだって、無駄に失っていったわけじゃないんだ。きみはただ、それをじっととっておいてきただけなんだ、その人のためにね……いや、よしんばぼくがそのただ一人の人でないにしてもだよ……きみのなかに蓄えられているその巨大な力はすべて、やるせない思いに悩んでいるものに生命を、今すぐにでも、呼びさまさせることができるのだ。これ以上に気高い目的がまたとあるだろうか？　それにだよ、きみにはもうこれから先、それほど多くの歳月が待っているわけじゃない。いやいや、ぼくだって知っているよ、きみにふさわしいほどの人なんか、だれもいやしない、今のぼくだってだめさ。でも……でもきみは、こんなふうにして、いっさいを、ごく些細な、きわめて卑賤な歓びでさえ、あきらめてしまおうというのかい？　たとえば、きみの自尊心を損うことのないような歓びを。いつまでもそのきみの純潔を意味もなく大事に抱えてしまっておくつもりかい？　誰のために？　すべてを手に入れることができないからといって、きみはどんなことであれ、いっさいあきらめてしまうつもりかい？」

「ええ、どんなことでも、いっさい。すべてか無か、これですわ。無意味だとおっしゃるのは、あなたでしてよ」

「ああ、きみのその人というのがどこにいるのかわかっていれば、たとえ死闘を交えなければならないとしても、ぼくはそいつをこの腕に抱えてつれて来てやるのだが……」

彼女はこめかみに両手を当て、その指を髪のなかに突き立てた。いかにも唐突な、沈んだ声で彼女は言った。

「そうよ、ここよ。その人はもうここに、今この瞬間、立っているわ。ロレンツォ、あなたよ」

「マルタ！　ああ、マルタ、ぼくにはわかっていたんだ。でも、きみの口から言ってくれたのは初めてだ。もう一度、言っておくれ。さあ、もっとそばに来て、きみのその手をおくれ。もう一度、言っておくれ」

「ええ、いいわ……でも、きっと、これっきりだわ。そうよ、あなたなのよ。でも、いったい、これにどんな意味があって？」

「何、どんな意味があるかって、何が？　これこそ、すべてを意味するのじゃないか！　すべては単純明快となり、いままでぼくたちにはもつことのできなかった幸せが……」

「何一つ単純明快なんかにはなりはしないわ。それどころか、すべてはいっそうむずかしく、絶望的で、耐えがたいものになってしまうんだわ」

「おやおや、何を言っているんだ！　今は、そんな心配はしないことさ、マルタ、今のこの瞬間にはむいていないよ。お聞き、見てごらん、ぼくは今、幸福なんだ。きみだって幸福に違いないんだ、そうでないはずがないさ。ああ、マルタ、ぼくの従姉、姉さん、そしてぼくの妻であり恋人……さあ、ぼくにキスしておくれ」

「やめてよ、ロレンツォ、何をするの！　だめ、放して、いやよ……私、いやよ！」

「たった一度だけ、そっと、姉さんのキスだよ」

「だめよ、放して、お願いよ。だめ……あら、だめだって……」その声は、まるで泣いているかのようにとだえて消えた。

彼女は彼にしがみつき、唇で男の口を捜し求めていたが、ふと触れ合ったその瞬間にはふたたび唇は退《ひ》かれて、片手を男の口に当てながら、その胸を肘で押え、しかもつぎには一瞬、我を忘れて、またすぐに我に返り、男の首を引き寄せてみては、ほとんど同時に押し返し、そのこめかみを愛撫しながら、身をのけぞらして、彼から逃れつつ、また引き止めようと試みているのであった。息を切らして喘《あえ》ぎながら、ますます消え入りそうな声で、なお繰り返して言っていた。

「お願いよ、お願いよ」

ようやく、彼女は思いきった動作で、体をふりほどいた。しかし、すぐにまた彼にしがみついてゆき、両手に男の顔をはさむと、自分の顔を近づけながら、ふいにこわばった声になって、ささやくように、こう言ったのである。

「よくって、ロレンツォ、わたくしの言うことをよく聴いててね。わたくし……」今、口にしようとしている言葉には、ずいぶん努力がいるというようでもあった。「わたくし、あなたが好きよ、わたくし、あなたを自分のこと以上に愛しているわ。それを、あなたは（知っていながら）知ろうと望んで、そして知ったんだわ。そのことをこのわたくし自身から聞こうとしたのよ、この口から、このとおりの言葉で、わたくしにそう言わせようと、あなたは望んだのよ。で、そうしたわ。でも、それだからって……そうよ、わたくし自分のこと以上にあなたを愛している、でもそれ以上にもっと……ええ、だいいち、この胸のなかにあるものは、どんなにしても抑えることのできないもの、暴君みたいなものだわ、犠牲を求めるのよ——何人でも。いいえ、何も言わないで、わたくしに話させて。よく聴いててよ。わたくしはあなたを愛している、でもけっしてあなたのものにはならないわ。さもないときは、万が一にもあなたの言うなりになってしまわなければならなくなったなら、そんな弱さを、あなたなら力というところでしょうけれど、万一にも見せなければならなくなってしまったら、わたくしすぐにあなたを、誓ってもいいわ、殺してしまうかもしれないわよ。よく憶えておいてよ、ロレンツォ。すぐにあなたを殺してしまうかもしれないわよ。なぜそうしなくちゃいけないのか、口で言うことはできないけれど、でもわたくし、たとえだれであれ、わたくしを自分のものにしたなどと言われたくはないの。そのとおりなのよ」

「しいっ、ちょっと！　ちょっとこっちへ来てくれ」

「何だね？」

「実はね……ねえ、ぼくの言うことは間抜けたことかもしれないけれどねえ……ちょっときみに話しておきたいことがあるんだ」

「いったい、何事なんだね？」

「例の幽霊は全部で何人いるのだろうか？」

「さてな……私は知らないよ。でも、なぜきみがそんなことを？　ははあ、じゃあ、きっと、きみも？……」

「何だい、もうわかったのかい？」

「うん、たぶんね。というのは、白状するとね、私もやはり……しかし、単なる私の気のせいなのだろうと思っていたんだ」

「たぶん、いや、言うまでもなく、そうさ。気のせいだよ。でもねえ……」

「フィリッポなら、何人いるのか知っているさ。畜生め、何だってそばにおらんのだ？　ただね、注意していてくれたまえ。あの男には何も言わんほうがいい……ただ、外部の、何と言うか、ならず者だがな、このなかに忍びこんだ懸念がある、というぐらいだけにしておかなければいけないよ。もちろん、そのまま信じはするまいがね、とにかく……それから、女たちには絶対に何も言ってはいかんよ、滅相もないよ。ああ、来た、来た。ところでね、フィリッポ、心配なことがあるんだがね……おほん……いや、心配をして当然よいことだと思うのだがね、だれかしら、このなかにはいりこんでいるらしいんだ……まあ、説明をしていると長くなるがね、きみは勿論、幽霊は何人いるのか知っておるだろうね？　よろしい、そこでもう一度、一人一人かぞえなおして、確認をしておいてもらいたいんだ。わかったろうね？」

「よろしゅうございます、伯爵様。このような状態ですので、少々むずかしいかと存じますが、とにかく、やってみましょう。それに、ほんとうのところ、今夜村に帰っておるものがおりますかどうかも、ちょっとわかりかねますが。もっともその点は、女たちから聞けば、すぐにわかるでしょう。よろしゅうございます、ではごめんを」


……………………


「マルタ、私こわいわ」

「何がなの？　お馬鹿さんねえ」

「あら、わかるでしょ？　何だか、つい少しぐらい前から、家のなかの様子が、私、薄気味わるくって、それに、私そんなつもりじゃなかったんだけれど、ステーファノとジョヴァンニの話を、つい、聞いちゃったのよ。あの人たちだってこわがっているわよ」

「まあ、何てことを言ってるの？」

「いいえ、いいえ、そうなのよ。あの人たち、私たちには何も言うなって約束していたわ。フィリッポには、ならず者が心配なんだって言っていたけれど、ほんとうは、あの人たちだってこわがっているんだわ」

「何の話だか、さっぱりわからなくってよ」

「いいわ、言ってあげましょうか？　私もね、同じように感じたことがあるの。つまり、どうも一人多いっていう気がするのよ、いえ、幽霊のことだけど」

「まあ、何て変なことを想像するのかしら？」

「いいえ、いいえ、ほんとうなのよ。私、よく勘定したの。いえ、正確なところは、私、何人いるか知らないでしょう、だから、ちゃんとは勘定できなかったんだけど、でも、やっぱりそんな気がするわ……いえ、それどころか、絶対にそうだわ。それに、ほんとうにだれかがはいって来たとしたって、あり得ないことじゃないでしょう？……だれか私たちに悪いことをしようって人、たとえば、人殺しだって……？　じゅうぶんあり得ることだってあなたも思うでしょう？」

「人殺しですって？……でも誰を殺そうっていうのかしら？　わたくしたちのなかには、敵《かたき》のいる人なんか、だれもいないわ。みんなよく思われている人ばかりで……愛されている人たちよ」

「でも、どう？　もしその男がほんとうにここによ、この私たちのなかにいて、それで私たちのほうは何にも知らないんだとしたら！……それに、あなたどう思って？　今度のこの冗談だけど、そりゃあ、私はずいぶん面白いめをさせていただいたわよ、でもやっぱり……こういう冗談は、どっちかって言ったら、私好きじゃないわ。幽霊だなんて、あんまり悪戯《いたずら》するものじゃないわ、まさかってことだって、わかりゃしないし。こんなことをしていたら、ほんとうに幽霊を呼び出すことにだってなりかねないわ。私、もう明りをつけてもらいたいわ」

こうして、からかっていたはずの者が、いまではからかわれているということになりかけてきたのであった。それも、いったい、どのような神秘の道をたどってなのだろう？　ところで、そのからかっていたはずの者のなかには、かく言う私もいたのであり、むしろ私は、そのからかっていた者たちをからかっていたほうなのである。読者にとっては愉快な（少なくとも私はそう願っているけれども）ややこしさであるが、そのときの私の身になれば、愉快などというものではなかった。要するに、退散することを考えなければならないのであった。それも、一刻も速く。しかし、それがまたいっこうに容易なことではなくなってきていたのである。というのは、あの呪われたフィリッポばかりか、臆病風にとりつかれはじめた皆が皆まで、だんだんと幽霊ひとりひとりを見覚えるようになってきて、化けの皮をひきはがさんものと待ち受けているようになったからで、こうなると、私としてはいささか、シーツをしっかりまといつけておらずにはいられないという心境にならざるを得なかった。ともあれ、この窮地を脱するについて、私は絶望していたというのではなかった。平静を保ちつつも、この血迷った連中の前だけは必ず避けて通ってゆくうちに、しまいには無人の出口を見つけられるであろうし、一たん外へ出たならば、三十六計……というそのときに、思いもかけない恐ろしい事件によって、私は助けられたのであった。

もう朝も間近いころであった。何やら薄気味の悪いという気持が住人たちのあいだにひろがっていたにもかかわらず、邸内の物音や騒ぎは相変らず休みなく続いていた。銃声も続いていたし、呪文を唱える単調な声、けたたましい男爵の悲鳴、そして邸内を所せましと走りまわる幽霊たちの動きも、やはり同じように続いていた。と、そのとき、この屋敷の奥深く、どこともすぐには測りかねるところから、ふいに悲鳴があがった。悲鳴ならば、その晩は、いやというほど聞いたのではあるが、これには何かしら特別な響きがあった。せっぱつまった、何というか、ほんものの悲鳴であった。恐怖の叫び。ほかの者もやはり、このそれまでとは違う性格を感じとったにちがいなかった。なぜなら、あるものはおそるおそる進みだし、またほかの何人かは駆けだしていったのであるから。やがて、大勢の声高な叫びがその場所から届いてきた。口々に人を呼ぶ声、そしてついに、「明りをつけろ！」という新たな絶叫。私も、自分の身にふりかかる重大な危険をものともせず、本能的に、そっちのほうへ走りだしていた。

電源はなかなか見つからなかった。ようやく明りが、長い暗闇ののちには文字どおり目をくらますばかりの光を放って輝き、こうして、私の姿を露わにさらけだしてしまった。その上、私は走っているうちにシーツをなくしてしまったか、脱ぎ捨ててきてしまったかしていた。幸い、みんなはもう、広い廊下から地下室へおりてゆく階段を駆け抜けていったあとであった。もちろん、ヒューズをはずしたとき、電燈がどれもこれもついていたままだったというわけはないのだが、この廊下の投光器はつけ放しになっていたため、どうしようもなかった。しかし、私がこうして走って来たのには、私なりの理由があったのである。言うなれば、私ははやくも、やがて見出すであろう光景を想いめぐらしながら、残酷な懸念を抱いていたというわけであった。それゆえに、私は見なければならなかったのである。こうして、私はついに自分用の観察の場を見つけたのである。地下室へおりる戸口の重い扉のかげの場所であり、そこは、扉そのものと柱との隙間から、その場の光景全体を見おろす広い眺望を与えてくれた。その光景は、戸口からさらに短い階段が続いていたので、ちょうど私の眼下に開けていたのであった。

　この地下室は、ごくありふれた、丸天井の地下室であった。ゆったりと広く、冷え冷えとしており、手入れはよくゆき届いていたけれども、それだけにまた、いっそう侘《わび》しげであった。ただ、天井からさがっている電燈には、一面に蜘蛛《くも》の巣がはりついていた。そしてそのような酷薄な、いくらか目くるめくばかりの雰囲気のなかで、私の立っているその足もとに、男の死体が横たわっていた。ほかならぬロレンツォでなくて、だれであったろう？　彼はうつぶせに倒れており、上着の背は大きくはだけ、髪は不自然に乱れていた。その背中の真ん中あたり、やや左に寄って、一点の血痕が、流れ出もせずに、さして大きくもなく、凝固していた。何を根拠にしてこう推論するのか自分でもよくわからないのではあるが、おそらく死後一時間以上は経過していたであろう。ワイシャツの生地の上にありありと見出されるようにさえ私には思われたその焼け焦げが、単なる私の幻想でないとするならば、銃口をじかに押しつけて射ったにちがいなかった。

ちょうど私と相対するように、半円形に彼を囲んで、この物語の人物がひとり残らず集まっていたが、その途方にくれたような顔つきには、何やら知れぬ、埃《ほこり》っぽいような、また粘《ねば》つくようなものがうかがわれ、みな一様に、夜行性の獣類のように、光にむけて眉をひそめていた。幽霊たちもみな集まっており、それぞれに白衣を後にはねのけるか、腕に抱えているか、あるいはわきへ放り出してしまったか、さまざまであった。

初めのうちは誰ひとり、口をきくものもいなかったけれど、やがて、皆いっせいに、がやがやと騒ぎだした。男爵はこのような機会にも遺憾なくその本領を発揮した。彼は、自分がからかわれたこととの口惜しさと、降ってわいた事件の悲しみ、という以上にそら恐ろしさとの、まるで両極端の感情に、無残にも翻弄されているという様子であった。そうでなくともそのお頭《つむ》は混乱をきわめていたのであったから、ましてやいまは、どんなことになっていたことか！「いったい誰がやったんだろう？」と、彼はヒステリックな叫びをあげるのであった。「おい、きみたち、いったい誰がやったんだね？　どうしたってわけなんだい？　ああ、かわいそうなロレンツォ！ああ、ぼくは一生涯、諸君を憎んでやるぞ。何か、何かしなけりゃいけないよ、何とかしようじゃないか。やつらだ、やつらのうちの誰かがやったんだとも……」等々、等々。

あの強情不敵なマルタも、やはりそこにいた。彼女だけが騒ぎたてようとしない唯一の人であった。硬く、石のように動かない顔つき、涙ひとつ浮かべず、まじろぎもせぬ暗い眼差しで、じっと、愛する男の硬直した肉体を見つめていた。

ようやく、人々は警察を思い出した。警察とは、いやはや！　私としては、余罪にあわせて、最低限、殺人の罪を着せられることを覚悟しなければならなかった。それこそ、ほんとうに、退散すべきときであった。それに、人々があちこちと動きはじめ、もうどんなにしてみても、その場に居続けることはできなかった。またそれに、まもなく夜明けであった。

警察。ところで、このような事件では、警察はどうしなければならなかったのであろうか？何が起こったのか、それを知っていたのは私だけであり、ほかには誰ひとりとして、そのようなことを想像することさえできるものはいなかったのである。ともあれ、私はその後、数日間というものは毎日、いたずらに蚤《のみ》とり眼《まなこ》で各社の新聞を睨《ね》めまわしていたものであった。おそらく新聞は、伯爵とその御一統にたいする遠慮からであろう、いずれも沈黙を守っていた。どちらにしても、このおめでたい新聞なるものが、不祥事なり、その他いかなる事実であっても、われわれのみずから体験したことのニュースを載せてくれる気づかいはないのであるが、そのような沈黙は、われわれのような職業の場合、しばしば迷惑千万のことなのである。

いずれにせよ、私は知っていたのであるから、私には事実を訴えることができたはずだ、いや、私にはそうする義務があったのだと、諸兄は仰言《おつしや》るにちがいない。いやいや、皆さん、もしも私がそのような義務を背負ってやって来ていたならば、現在こうして生きている、こんなふうにまではなれなかったにちがいないのである。いかにも、他人のことに口を出すなというのが、私の単純明快な人生訓であって、それが私を現在のこの平穏無事にして、また……さよう、尊敬もされておる地位に導いてくれたのである。あ、何々？　いまの私の話からすれば、私には他人のことに口を出す習慣はないなぞと言えないだろうと仰言るのですか？　しかし、少なくとも、各人をそのおのずからなる運命にゆだねることこそ、もっとも誠実かつ賢明な道であると、つねづね私には思われていたものなのである。

もちろん、これでもう諸君もご存じというわけである。しかしすでに多くの時が流れ、もはや諸君のたまさかな公民思想の発揚を恐れなければならないと思ってはいない。はてさて、あの人たちは今ごろ、どうしていることだろうか？　何人かは死んでしまったことだろう。ただ、マルタのことだけは、偶然のことから、もうすっかり年をとって、貴族の老嬢らしく自分の財産を守っているということを知ることができた。彼女は今もってあの屋敷に、一人っきりで暮らしているということである。

さあ、もうこれでやめにしよう。以上の話で、私は詩人の真似さえしてしまった。いよいよ、仕事に戻る時間である。

Ombre

（米川良夫訳）

マリーア・ジュゼッパのほんとうの話

「故郷で山の手の方と呼んでいるところへ散歩に出掛けるとき、墓地の鉄格子のあたりまでやってくると、いつもマリーア・ジュゼッパのことを思い出します」これはこれでちゃんとしたものなのだけれど、しかし私としては他人さまにまで彼女のことを思い出してくれなどと、もちろん要求できるものでなく、ましてや大昔の、忘れていた話（私の最初の短篇！）の人物の偽りの装いのもとにというのでは。たった今、書き写したとおりの言葉で始まる物語。偽りの？　いや、それほどでもないのだ、お聴き頂くとおりの次第なのだから。それに、まさにその後の出来事があの物語の結末に無気味なほど予言的な性格を与えてしまったからこそ、この点に触れておこうと決心をしたわけなのだ。

前提となる事実、つまり物語そのものから始めよう。そこでは一人の役立たず、あるいは精神病質者、もしくはその両方といった人物が、無益かつ空虚なおのれの生活と、また醜く年齢《とし》もすっかりいった、田舎出の清浄篤信の下女を相手の関係を報告するというものなのだが、男は彼女に対して心魅かれる想いから嫌悪の情に至るまでさまざまの感情をみずから育《はぐく》んでいるものと想像され、そのために彼女は彼の生贄《いけにえ》でありながら、ある意味では彼をさいなむ暴君であるというわけで——、つまるところ今や物語文学ではありふれたものとなってしまった状況なのだ。二人きりで地方のふるい大きな家に住んでおり（これもまた、誰しもが容易に作者の姿を見てとれそうな主人公の類型と同様、この作者の書くものでは避けて通れぬ、お定まりの舞台）、名もない些細なエピソードがことごとく不名誉なことばかりではないのだが、どうやらこのジャーコモという人物の日々は、つまりはやむを得ぬ、だからと言って腹立たしさの発作も多少は我慢ができるというわけにもなるはずのない、閑暇《かんか》なその日常は、ただそういったことだけで成り立っているらしく——、それがみな、このマリーア・ジュゼッパその人の身のまわりに、あたかもそこがその本来の重心とでもいうように、降り注ぎ、集中してゆくのだ。物語は内面化され（とかいう評判）、これっぽっちも要約不可能なしろものだが、こうして、あれやこれやの脱線口調ながら反面、簡にして要を得た語り口で、結末にむけて突き進んでゆく。それは、論理的なものと信じることも許されようし、またいくらかはそのとおりではあるのだが、良かれ悪しかれ、この上もなく不条理かつ訳の分からぬものとして案出されており、ほとんど不可能性の限度というようなものにまでなっている。つまりマリーア・ジュゼッパの凌辱というわけである。それが続いて、彼女にとっては致命的な結果を引き起こすらしい。少なくとも語り手は、あまりはっきりした説明をしないまま、ほとんど自分に罪があると告白しているのだ。

さて、この暗く濁った幻想の低空飛行から現実へ話題を移そう。マリーア・ジュゼッパは、その外見的な特徴やまた彼女の性格のいくつかの欠点に関する限り、物語は忠実に彼女を描いているにせよ、マリーア・ジュゼッパは、彼女は聖女だった。自分は無垢の心を探している、そこを自分の憩いの場所とするのだと仰言《おつしや》る向きは、彼女の心のなかで永遠に憩うことができた筈である。彼女にむかって、彼女の容貌の醜いことを指摘してやると、彼女は顔を曇らせることもなく、私は神さまがおつくり下さったまんまです、と答えるのだった。彼女の信仰もやはり無垢のままであり、時には坊主たちの言い草を鵜《う》飲《の》みにくり返して言うことがあっても、少しの計算もなく、カソリックの説法を嫌らしいものにしているあの損得づくの勘定からはまるで無縁だった。そればかりではない。彼女は死者たちの霊を、あの安らぎを得ぬ魂、亡霊を、「二十三時の幽霊」とかその他、彼女を笑い物にするために何時であろうと人々の仕組んだ悪戯《いたずら》を、本気で信じることができたのだ。誤解しないで頂きたいのだが、彼女は天の仔羊のように無邪気だったけれど、この言葉のロシア的な意味での「お人良し」ではなかった。思慮に欠けていたり、単純すぎたりしてそんな風だというのではなかったのだ。まるで違うのだ。ふつう詩人のものとされ、それがまた詩人を俗衆の目には滑稽なものに映らせる美徳に似たものが彼女のなかには生きていて、彼女にとって人生とは魔法のイメージが織りなす一枚の布、この世とはあらゆることが可能となる世界なのだった。それほど彼女の心は純粋だったから、陰気な換称の一族の強力な幽霊、つまりは「懐疑主義者」どもをつけ上がらせてしまったのだ。彼らにとっては世のマリーア・ジュゼッパたちは、いっさいの「光」に対して閉ざされ、ただ聴罪僧の言いなりになっているだけの存在、したがって「民衆を無知蒙昧に留めておくことにすべての利益を得ている」輩《やから》の手中の道具なのであり、「進歩の歩み」、「文明の（そしてたぶん、衛生観念の）自由な普及」やその他、何だか分からないけれど心悩ませる事柄の、阻害というわけなのだった。要するに、地獄を怖がって、これっぽかりも合理的な考え方のできない、愚かな存在というのだ。とんでもない、哀れむべき我が友人諸兄よ、彼女は自分の心の掟に従っているだけなのであり、愚かさと言うのなら、まだぼんやりとしていた歓びを味わいながら私は拝見していたものだったが、彼女の美しい魂の飾り気のない輝きを前にしたとき以上に意気揚々たる理性の、君たちのだって同じだが、混乱ぶりと確信ぶり（自分では、君たち気づいてさえいなかった）を見たことはなかったくらいだ。

このような女性と身近に暮らしていたのだから、それを利用してもっと善良な人間になるよう心がけ、少なくとも彼女の穏かさ、柔和さを学びとり、心の平安を得るようにすることもできたはずだし、またそうしなければならなかったところだ。それなのに……。たぶん、彼女の外見上の欠点が、彼女の真の美点に対する私の判断を誤らせたか、あるいは例によって神経の苛立《いらだ》ちが私の手をひいて行ったのだ。とはいえ、この話にはそれ以上のものが、もっといかがわしく、罪深いものがあるのだ。何とかしてそれを白状してみよう。彼女は九年間か十年のあいだ、私たちの家にいた。そして結局——贖《あがな》いのためにはっきりと私はそれを言わねばならないのだが——彼女は私たちの所から追い払われてしまった、文字どおり追い払われてしまったのだ。口実なぞ問題ではない、たとえ人間同士それぞれの資質が共同生活という規準で測られなければならないという点を考慮に入れるにしても、つまりそのような行為が正当化され得たものとしても、である。彼女は、私が記憶している大筋らしいところでは、教会のために家事を留守にしていたというわけだった。父は、当然、虫の居所が悪かったに違いない。しかし主として責任は、この私自身にあったのだ。私がその火を煽《あお》り立てたのだ。何故そんなことをしたのだって？　それが問題なのだ。マリーア・ジュゼッパの欠点たるや、くり返して言うが、それに耐えていなければならないそのとき、またそのときの雰囲気にまきこまれてしまうと、文字どおり最高に苛立たしいものになってしまう類《て》のものだった、これはいい。そこから生じる実際の状況が我慢できないほどにもなり得た、というこれも、まあいいだろう。しかし、すでに言ったことだが、それ以上の何かがあったのだ、今となっては追究するのが困難になっていることではあるのだが。要するに、徐々に昂ぶってゆくあの刻々の状態を、みな、とりわけ幼いものは、よく識《し》っている。その中で自分が次第に昂ぶってゆくのを感じていて、したがってそのままでは爆発しないではいられないとも感じている。それでいて、正常な状態に、とりわけ公平な見方に返ろうとは何もせず、それどころか一種、悦楽にも似た歓び（まさに、罪深いもの）を味わいながらその道をたどり続けてゆくというわけだが、それもこんなふうにしたままで、どんなふうに終るか見届けたいという想いから、依怙地《いこじ》さをぎりぎりの結末に、あるいは一個の人間をその最高の共震点に到達させてみたいという想いからなのだ（こうした欲求については、思い違いでなければ、すでにマンが語っている）、ただもの珍しさのため、またもしかしたら良識をからかってみるだけのため、言ってみれば、決心なぞというものはその事柄自体とは関係なしにしてしまえるものだということを示すために。狭く、自分の中だけの一貫性にとりすがったまま、というのもちょっと見には、それが私たちのその振舞いを反論の余地のないほどに正当化しているからではあるけれど、それが維持されるのはもっぱらそれ自体によってであり、私たちはほとんど挑戦するかのようになおさら理屈やら屁理屈やらをつけ加え、同時にまたみずからの悪意をかき立て続けているという始末なのだ。ここでもまた、よく分かっていることながら、私たちをこうした不公正さ——他者に対するものではなく、自分自身にむけたこうした不公正さから救い出してくれるものは局外者のかげりのない精神の助言であるはずなのに、そうしたものを求めることは何一つせず、むしろ高潔なもの、善良なもの、公正なものに対する根本的な不信（またしても、罪深き感情）さえそこには窺いとれるのだ。まるで、そうしたかげりのない精神の判定はかえって、別種とはいえ、新手《あらて》の熱狂の産物以外の何ものでもないと匂わせようとしているかのようにである。ところがまさに、これほどの言葉を費してようやくそれらしきことを言ったに過ぎない、そのような性質のものが、あのとき私を動かし、私を圧倒した感情であったに違いない。で、実際、私はマリーア・ジュゼッパがまっすぐ表戸の外まで追い立てられて、その場で何時間も泣きつくしていたことを、また私は私で、狂喜しながらも同時に戦慄を抑えられずにいたことを憶えている。彼女にしてみれば、自分が永年、これほど忠実に仕えて来た一家の人たちからこのような残酷な仕打ちを受けようとはまったくあり得べからざることと思えたに違いない。しかし、つまりはあり得べからざることというだけで、結局は受け容れられないことではなかったのだ。とりわけ主人の権威、その特権の正統性を彼女は信じて疑うことがなかったのだから。とはいえ、彼女の持ち物はなかに残されたままだった、そのことが几帳面で整頓好きな彼女の精神を完全に混乱させたに違いなかった。

わずかな期間、他人行儀というより、むしろ途惑いが続きはしたものの、彼女はもちろん私たちに恨みを残したりせず（私たちは、さっそく彼女を手中にした親類の家で時おり顔を合わせていた）、最後には心ばかりのクリスマス・プレゼントを私たちから受け取ってくれたのだった。その後、隠居して内証ぐらしに引きこもったけれど、それも一層自由に信心に打ちこむことができるようにというためだった。こうした信心ぶりのなかでもカンネートの聖母《マドンナ》さまの巡礼を特筆大書しなくてはならないところだが、彼女の言葉を控えておかなかったので、話すのは諦める。彼女自身の言葉によるこの物語は、どんな昔の宗教文学の噺《はなし》より、またもっとも美しい民話よりも、美しいものだった。また彼女が見た、何となく予兆めいた、そして彼女自身、大層衝撃を受けた夢のことにも触れておこう。残念ながら前後の状況は記憶に残っていないのだが、その夢に小悪魔が現われて、げらげら笑っていた、「角が生えて来るので嬉しくて嬉しくてたまんなかった」というのだ。

　だが、この生涯の結末に話を進めよう、まことに思いがけない結末であり、その残酷さはどのような血も贖《あがな》うことのできないほどのものだった。戦争がモロッコ兵をひき連れてやって来た、その彼らの振舞いがどんなふうだったかはよく知られている。そしてマリーア・ジュゼッパはまさに「モロッコ」されてしまったのだ。大勢だったに違いない。自分の身にふりかかったこのとんでもない災難を、彼女がわが造物主に反逆することも、罵りの声をあげることも、また絶望することさえもなく語ったその崇高な言葉は、せめて男前だったらねえ、というのであった！　私としてはこれに注釈を加えることなぞできるはずもなく、またそんなことをするべきでもないだろう、もしも、もう久しい以前から同胞諸君の注意力にいっさいの信頼を私が失ってさえいなかったならば。そこであえて言うのだが、彼女の生涯のテューレ（伝説的想像の極北の国。つねに闇と霧と氷に閉ざされている）から発せられた一閃の女らしさがこの言葉に秘められているだけではない、そこにはまたこのような事件をそのまま、またそうした可能性をも、暗黙のうちに容認するかのようなふしが見られさえするのだ。それはあたかもこのような出来事をいわば保護している、道徳的な、さらには美学的な諸要件の必要性を仄《ほの》めかそうというようでもあり、また事実、このようなことは神への冒瀆であるどころか、正当で、甘美な、神によって祝福されたものともなり得ることを主張しようというようでもあったのだ。

これで、私に関する限りは、お仕舞いにして構わないのかもしれない。その後、マリーア・ジュゼッパはなお少しのあいだ、ぐずぐずと病人のようにして過ごし、死んでしまった、あの物語のとおりに。誰かしらこの無残な死の責任を取らなければならないものが別にいるのだろうし、あるいは、ありがたいことに、誰も責任を取らなければならないものなぞいないのかもしれない。彼女の墓は裸地のままで、私は番人の記憶をたよりに探しあてたのだったが、誰一人としてその憐み深い手で十字架を立て、あるいは名前を記してやろうというものはいなかったのだ。それを私は買って出ようとした。大工はいつまでも引きのばし、私は見捨てられた塚を残して出発してしまった。その後、誰かが粗末な十字架を立て、今でもそれは残っている。しかし塚は、他の墓が慎ましい花に装われているなかで、露《あらわ》なままだった。ようやく、つりがね草の類いの、地を這《は》う野草の一株が自然にのび出て、初めこそおずおずと墓の方へとむかってゆき（偶然にも、私はその歩みを追ってゆくことができたのだ）、今では実にたくましくその上に生い茂っているというわけである。

しかしこの物語に私が何の責任もないというのはほんとうに本当なのだろうか？　要するに、このような運命をたまたま言い当てたことで、いわば、私が自慢したがっているのだと、皆さん方はお思いなのだろうか？　大違いだ！　よしんば自然が、あの盲目の自然が、「芸術を真似し始めた」（とか何とか、そんな科白《せりふ》が聴こえるけれど）というのが真実だとしても、物語が——素晴らしかろうとひどい話だろうと——どの程度まで一人の人間の身の上に影響を及ぼすことができるのか、私には分からない。と、こんなふうに言ってしまえば、これではいかにも粗雑でふざけて聴こえるではないか。とは言うものの、私はどうしても微かな、漠とした後悔の念から逃れられないでいる。すんでのことに、初めに記した引用をそっくりそのまま続けて（「たぶん、十二年前、マリーア・ジュゼッパはわたしのために死んだのです」と）この稿を終えてしまいそうなくらいだ。（しかし、ほんとうかな？　これだって文学的な思いつきではなかろうか？　私たちの心そのものの常識が強固であればあるほど、つまらぬ煩わしさから私たちを守ってくれるのに）。

ところで、結論を言わせて頂くならば、この慎ましい老女を教皇が聖女にしたら、格別、欺《だま》されてやろうということではなく、でかした！　と即座に、心から彼に言ってやろう。こんなふうのままでは、マリーア・ジュゼッパが私に特別の愛顧を施してくれるはずもない。でも彼女は、彼女の思い出は、少なくとももっとまともな生活《くらし》への、久しくもまた空《むな》しい私の郷愁をかき立て続けてくれているのだ。

（米川良夫訳）

La vera storia di Maria Giuseppa

ほおら。復讐は成就した。そして強盗もだ、これだってそれなりに復讐であり、むしろまた天罰なのだ。成就したってのは、つまり殺人、規則どおりとは申しません、あらゆるルールに背いて犯され（というよりも執行され）、自分の名誉を重んじる犯罪者なら誰でもが夢みるような完全犯罪がほんとうにやってのけられたというほどだ。慎重な上にも慎重に、もっとも初歩的な警戒手段からもっとも手のこんだ、でも実にスマートな予防措置まで、あらゆる手が使われた。とはいえ、このような犯罪だろうと罰せられずにいられるということはないのかもしれない、何かしら偶然の状況が重なり合うなどして（そんなことはいつだってあり得ることだ）、実にみごとに、また犯人を発見することは不可能だとする割にはひどく単純に。今ここで犯人が、最後の仕上げとして死人の手中に凶器となった武器を握らせるなら、誰しもが否応なく、それも各人の全感官の完全な同意のもとに、自殺だと信じこむに違いなかろう。しかも自殺の、つまり自殺というイメージの前提条件は、すでに加害者自身が手をまわして、被害者の財政状態、愛情問題にまでひそかな影響力を及ぼし、つくりあげてあったのだ。それにこの最後の作業、お仕舞いのきわめて重要な仕上げを終えて、そして誰にも邪魔されずに悠々とその場を去ってゆく時間的余裕もあった。夜警の巡回がこの次やって来るまでにはたっぷりと十分以上はあったし、十分もあれば何だってできるじゃないか！

正確に言うならば、死人はすでに自殺に用いた武器を手に持っていた。これは慎重な上にも慎重な配慮の一端をなすものでもあった。なぜなら、分かったものではないじゃないか、あの偉そうな鑑識課の連中が、ちょっとした発射角度のずれから、何かしら言いだしたりしかねないのだから。そこで犯人はまず被害者を気絶させ、それからその背後から、無理矢理、両手を組み合わさせて自分の口のなかにピストルを発射させるようにしたのだった。ところが、被害者が死の痙攣にのけぞり倒れながら、両腕をひろげて捻《ね》じ曲げたとき、ピストルは偶然、その片方の手に残されたのだった。それも、まさに右手に。だがそれはたぶん、発射の正確な向きから見れば正しくないのだ。その上、当然のことながら、その手の位置は不自然でぎこちなかった、何しろ自分の意志でしたことと、半ば、あるいは完全な無意識状態のなかで、他人の手に強いられてしたことでは大違いなのだから。よかろう、手の位置をちゃんとすることぐらい大したことじゃない。

その気になれば、自殺＝殺人のその瞬間にまだ生きていた体がとっていた姿勢と同じ姿勢を屍体にとらせることだってできるんだ。しかし男はすぐにこの可能性を排除した。このゲームについては、彼はすべてを心得ていた。だからこそ、またそのような再現（あるいは修復）の試みが、どんなに苦心をしたところで、結局はあやふやで運を天にまかせる結果にしかならないことも、承知していたのだった。何故だかは分からないが、そのような試みには、決まって何かしらぴったりと来ないところがあるのだった。駄目だ、屍体は今あるそのとおりの場所に、そのとおりの姿勢で置いておかなければならないのだ。彼が手を加えることは正しいほうの手を選ぶこと、そしてほんのちょっと拳銃の位置を直すことに止めなければならない。雑作もないことだ、と彼は思った。さあ取りかかれ。

　しかしこの時、突然、犯人は恐怖の念に襲われた。正しいほうの手を選ぶだと！　そんなこと、ただ言うだけのことじゃないか！　そうとも、そいつを選ぶのは――と、彼はこの期《ご》になって気がついた、というのか思い出しているのだった――発砲とかその角度とか、その他さまざまな技術的な細部の問題ばかりと関係があるというだけでなく、それこそがまさに基本的でまた決定的な選択だというわけなのだった。もっとはっきり言えば、殺人者がそのとき思い出したのは、被害者が左利きだったということであり、しかも同時に、また別の思い出が、戦慄とともに彼を捉えたのだった……。もっとはっきり言ってみよう。ガボリオ（十九世紀フランスの作家。推理小説の創始者の一人）は、その驚くばかりの作品の一つで、ある殺人犯のことを物語っているが、男は、我々の場合と同様に、自殺を装わせて完全にその目論見に成功するところだった、ただ一点の些事にこだわりさえしなかったならば。その話のなかでも、今回と同じように、殺された男は左利きだった。殺害者はそのため拳銃を左手にもたせておいたのだった。ところが捜査官たちは被害者が左利きだったということを知らなかったために、偽装のこの外見的な異常さ、実はそのこと自体は完全に正当な事実に不審を抱かされて、とどのつまりは犯人の逮捕につながるというのだ。今はこのように要約された話の巧妙さを指摘するのはやめにして（要するに誤りを真相解明の手段とも、また真相の本質とでも言ったものにさえ仕立てあげ、同時に、完璧に振舞おうとする気遣いの如何に危険であるかを、さらには真実なるものが如何にあり得べからざるもののように見えるか、つまり事実そのとおりなのだということを、証明しているのだが）、我々の場合に戻るとしよう。

ガボリオの作品をふと思い出してしまったために犯人が陥った当惑は、さらにまた、彼がしっかり記憶していたところによれば、殺された御当人が（説明しがたい何らかの理由から）左利きであることを恥ずかしがっていて、いつも巧みにこの特徴を隠そうとしていたという事実によって、少しばかり厄介なものになっていた。つまり人々がこの事実を知らされているとか、あるいは少なくともこの事実がお出《で》しゃの捜査官たちの耳に届くほどまで知れ渡っているとかいうことは、まことに本当らしからぬことのように思われるのだった。それにまた、このお歴々の知性と感受性のほどを勘定に入れておかなければならなかった。いやいや、「それにまた」なんぞではない、問題はこぞってこの点にかかっているのだった。捜査官たちは、そうとも、言わずと知れたカボチャ頭ばかりだけれど、それでも中には相当な切れ者がいて、何するってこともやっぱりあり得るんだ……。何するって何を？　そいつの切れ者ぶりがひょっとして、被害者が左利きだってことを知らなかった、まるっきり御存知なかったっていう場合に、ひょいっと役に立つかもしれないってことさ。おい、ちょっと待て、そんな理屈の立てようはまるでまともだと思えないぞ、そもそも……。

急にまた、犯人には残された時間が恐ろしいくらい短く感じられ始めたのだった。実際、すでに決めてしまったことを実行に移すのと、これから決めるというのとでは大違いなのだ。実行するだけだったらほんの一瞬で足りるかもしれないが、決めるとなると永劫だろうと間に合わない。間に合わないのは二種類の理由のためだ。一つは内的、もう一つは外的な理由というわけだ。すなわち、決定することの体質的な、主観的な無能力があり得るし、これはまた、ことさらそんな心配なぞしてやらなくても、しばしば自明な事柄、ほんものの判断を必要としないような事柄に対するときの大層な自信満々ぶりの振舞いと結びつきたがるのだ。それから、客観的な決定不可能というのが考えられる、換言すれば解決不能の問題だ。しかしほんとうに、解決不能の問題なんて存在しただろうか？　それは想像してみることはできるけれど、一見して解決不能という場合はどれも、むしろ立論の仕方が正しくなかったり、あるいはデータ不足だったり、それともその両方だったりしたせいじゃなかったのか？　ということは、きちんと考え直してみさえするなら……。いやはや、ちょっと見て欲しいが、いったい何ということを、しかも何と落ち着きはらって彼は考えこんでいることか、それも貴重な時間を無駄にしながら！　とはいえ、閑《ひま》つぶしの思案ではないのだ、なぜなら決めなければならなかったのだし、決めるためにはやはり考えなくてはならなかったのだから。しかし反面、考えている時間などはなかった、したがって決める時間もなかったのだ。しかし、何はともあれ、決めなければならなかったし、それも大至急。だから……、何をだ？　だから嫌でも考えなくちゃならないのだし、それとも考えずに決めなければならないのか？　いや大変だ、こいつは理屈屋なんだ、よく分かったとも。さもなければこんな状況に陥ることなんかなかったのだ、どんな事件だろうとやってしまって、ほかの人殺したちがみなそうするように、あとはあらかた運命に身をまかせていたことだろう。彼には、自分自身に対して、失わねばならないものがあったのだ、つまりおのれの傑作を是非とも守りとおさなければならなかったのだ。出まかせに何かをするなど、彼にとっては尊厳に関わる問題だった。しかしつまるところは、絶体絶命の窮地に立たされた大方の連中と同様、彼はすでに前提からして負けているのだった、しかも時間は刻々と過ぎてゆく。いっそう正確に言うならば、さまざまな決断をめぐって迷いながらも、決定することの効用だけはほとんど避けるようにして……。なるほど、確かにこの場合、また恐らくはいつであろうと、決定のあり様は、また一般に思考の形式は、決定あるいは思考それ自体なのであって、それは正しい問題の立て方がその解決に等しいのと同じことであり、したがってその効用も一時的あるいは体系的にしか、つまり混沌とした前段階的局面としてのみ、形式から切り放して考えることはできないものなのだ。ということはまた、前提がいっそう重要なものとなるということだ。いや、これが唯一重要なんだ……。ああ、もういい加減にしろ！

さらに二分が過ぎて行った。もう五分しか使えない。いや、四分半、というのも広い玄関ホールを突っ切って裏階段へゆき、そこから通りに、つまり裏手の暗い路地にたどり着くまでには、たっぷり三十秒は必要だったから。パニックに捕われぬよう、大急ぎで最初からすべてを考え直そうと努めた。しかし、慌てることも急《せ》かすことも許されないようなときは、まさにそのこと自体が悩みの種子《たね》なのだ。物は験《ため》し、ヴェネツィアで急いでゆこうとしてみたまえ。もっともあそこでは、てくてくてく行くしか方法がないってわけではないにしてもである。やれやれ、そんなことが何の役に立つかだって？　違いはこれだ、あそこでは諸君がどんなに急いでみても、それで水上バスやモーターボートだろうと、遅らせたり速くさせたりはできないけれど、他方、思考の振舞いはヒステリー患者みたいで、誰かが早くしろと唆《そその》かせば唆かすほど動作がますますのろく、ぎこちなくなってしまうのだ。そのため、我々の殺人犯の慌ただしい再検討の試みは、その最終的な結果としてはただただ精神の大混乱、あるいは真の闇となっただけである。彼は時計をのぞいて見た。またもう一分、経っている！　そこで自身と自身の生来の性質に拷問を加えるというふうに、言わば素っ裸になっておのれの問題と対決してやろうと試みた。つまり、論理の必然という巻き物が大脳のなかで目まぐるしく転げまわったりしないようにして、まず問題をその諸要素に選り分けようと努力しながら、お馴染みの検証的な秩序に入りこもうというわけである。しかし、それも容易ではなかった（とりわけ、素っ裸になって云々が）。それに、畜生め、時間がなかったし、またそもそもの以前《もと》がなくってどうして選り分け云々などができようか……？

やってみよう。ある問題は、前述したとおり、誤った立論あるいはデータの不十分という場合にのみ解決不可能である。しかしこの二つの理由が、結局はただ一つの同じことになることはないという確証はあるんだろうか？　また、万一って場合、どうやってこの二つの理由を区別できるんだろう？　つまり、言い換えれば、この二つのうちのどっちがその解決不能の原因だと決められるのか？　そもそもそれに、直感で言ってみたって、この二つは滅多に混同できるような理由じゃないし、少なくとも同じ肩書きを掲げて生じることなぞ、まずありそうもない。実際、それぞれの内在的な性質を度外視するにしても（というのも、このような専門用語を借用させてもらうなら、一方は権利の問題であり、他方は単純に事実の問題なのだから）、後者は前者を限定するのに対して、前者は後者を限定することがない。すなわち、データの不足は正しい立論だけではなく、問題に対するどのような立論であろうと、不可能にするが、反対に誤った立論がデータの不足をもたらすことはない……。てへ、呆れた詭弁だ！　言葉の意味の力点をわずかずつ、ずらしてゆくというやり方だ。ところが確かなことは、このような関係は純然たる弁証法的な用語によって考察することはできないということだ。数学的な概念、たとえば関数などというのを借りる必要があるんだ、一方が他方の関数であるというように。ふん、でも何が何の関数なんだ？　そうだな、それじゃ一方が定数で、他方が変数だと言ってみようか……ああ、何とむなしい考察に俺は迷いこんでいるんだ、しかもこの最後の数分間だというのに！　ほら見ろ、また半分、三十秒が経ってしまった。あと三分で決定して、すべてをやらなければならないぞ。いやいや、こんなふうじゃ駄目だ、いっさいの物ごとに心を閉ざし、いっさいのものを良しと見なす必要がある。さあ、急げ！　まず、問題の立て方……、もう何も立てている閑《ひま》なんかありゃしない、それにどっちみち、データから始めるべきなんだ、さもなければ可能性の海のなかを泳いでいるようなものだ。なら、データを！　……やれやれ、それには吟味をしなくちゃならないだろうぜ！　お願いだから、誰か問題のデータの見分け方を教えてくれないか？　何だか、データは問題の立て方によるとでも考えたくなって来たぞ、その反対ではなしに（少々前と矛盾したことを言っているとしたって構うものか）。とんでもない、問題の立て方どころか、まさに解決そのものによるんだ！　解決の予測を立て仮定を試みることによって、初めてそのためのデータが明らかとなり、如実に精神に浮かびあがって来るのだ。ということは、もしかすると、問題の解決は論理に、少なくとももっぱら論理だけに委ねられていてはならないということを意味するということになりそうだし、さらに面白いことには、手短に言うならば……（畜生め、俺は何を言い出しているんだ、講義なんかしている場合じゃないんだ！……）。ふん、なるほど、なるほど、「予測を立て」だの「仮定を試みる」だのってのは正確な言葉じゃないんだ、「予感する」というのがぴったりする。それに「そのためのデータ」というのも無意味だ、単に「データ」と、冠詞抜きで言わなければならないんだ、そもそも可能な無限の解答の一つ一つがそれぞれに固有のデータを内包しているんだからな。大胆率直に言ってしまうなら、データはそれ自体が仮説であり、個々の問題にデータなるものはなく、データなんか与えられてはいないのだから。それに解決は無限にあるんだ、決まっているさ。たった二通りの解答しか許さない問題があるなんてのは本当じゃない。それどころか、そんな問題にお目にかかったものなんか誰もいやしないんだ。かりにそうでないとしても、そのような問題を避けてまわったり、あるいは願い下げにするための方法は無限にあるはずだし、これがつまり、望むと望まざるとに拘らずだな、やっぱり解決になっているんだ。それどころか、二通りしか解決を認めないような問題なんて、問題という概念そのものに相応しくない、そんなのは問題というより二者択一《オータナティヴ》というべきだろうし、あるいはその……、賭けだな、つまり籤《くじ》を引いて解答を決めるとか、骰子《さいころ》を替りにするとかするほうがましなくらいだ。事実、二通りの解という観念は、その双方が同じ重さをもっているということを前提にしているんだ、つまり言い換えれば、その二通りの解答が解答者に予想させるものは二通りの単純かつ正反対の蓋然性でなければならないということなんだ。ところが、問題なるものは本来、不均等なものであるに違いなく、そうなると、その問題を解くということは天秤《てんびん》がどちら側に傾くかを発見することにあるということになる、——もちろん、n箇の皿をもつ天秤というわけなのだが……。おいおいおい、こんなことがほんとうにあり得るのかね？　俺は信じないがね。むしろ、こうなってしまったからには、あらゆる、また如何なる問題も、本来的に解決不可能であると、俺は信じるね。とは言っても、もちろん、というのか少なくとも、あらゆる可能な解決は間違っているか、あるいは、もっと悪いことに、正しいかなのだ。いや、これは単なる冗談、みんな間違ってるんだ。しかも全部が全部、間違っているってわけでもないんだ、というのも問題に関する問題、つまり問題についての問いは、こんなふうには、つまり解決か否か、その探索の成功か否かといった具合には、言い出すことさえできないからだ。問題というものはあれこれと調べまわったりできるようなものじゃないんだ。それは、せいぜいのところ、確認することができるだけなのだ。問題というものは、思索と行為の自然的な秩序を中断させる何ものかなのだ、一種の病気なのだ。そんなものに引っかかっちゃいけないんだ、いったん、この災難がふりかかったら、もう何をしようと、何を言おうと無駄なのさ。こいつが現われない限りは、すべては楽々と進んでゆくけれど、こいつが現われたら、もう手の打ちようがない、万事もう手遅れなんだ……。しまった、俺はどこに迷いこんでゆくんだ？……　もう一分しか残っていないぞ。この一分間に俺は決断し、それによって行動しなければならないんだ……。決断する！　ところが、どうやら俺の問題は、他のあらゆる問題と同様に、解決不能ということらしい。しかし現実はそれでもやはり、その全重量をもってこの俺の身の上にのしかかって来る、あの忌忌《いまいま》しい性急さとともに、俺に決断を迫っているんだ！　決断だと、間の抜けた、胸のむかつくような出来損ないのジレンマめ！　あらゆる高潔な魂にとっての黒悪魔め！……　ああ、この俺が何とかしてうまいこと、たとえ通俗的であろうとも、考えつくことができないだなんて！　誰も彼もがしているみたいにな、例の夜警みたいにな、あと一分半後にはきっかりとこの出口に自動人形の足どりで姿を見せるはずのあの醜悪な、目玉の溶《とろ》けたずく入道みたいにだな……。いや、落ち着け、落ち着け、一分もあれば微積分計算だって思いつけるんだ、閃《ひらめ》き、天啓さえありゃ十分だ。天啓だと？　くだらねえ！

　通俗的に考えてみると、――ここには、この俺の問題には未知数があるんだ。うん、そのとおりだ、偉いぞ！　そいつはもしかしたら、今後の捜査官たちの知的能力、空想力のことじゃないのかしら、そいつがもう最初っから問題になっているってわけなのかな？　ああ、やれやれ、何ともっともらしい言い草なんだ、こいつは……。もう一度この役立たずな、地獄の沙汰の推論を復習《さら》えてみよう（役立たずかな？　理屈というのは無駄ってことはないんだ。いつだって無駄なんだから）。ガボリオの捜査官たちがひどく粗雑な連中だっていうことははっきりしている、なぜなら、自殺した男が左手に拳銃をもっているのを見たならば、その場面に異常なものがあるなどと結論を出す前に、この男がもしかして左利きではなかったかどうか確かめてみなければならなかったのだからな。よし、異議なし。いや、異議なしかな？　そうでもないぞ、その反対だって立派に断言できそうじゃないか、つまりこの場面は確かに不自然だって断言することだ、ただし誰かが、あるいは何かしらが自殺した男が左利きだったことをはっきりと教えてくれるなら別だがね。要するに、証拠というものは捜査官に向けられたものというより、むしろ自殺者あるいは彼を弁護しようとするものに向けられたものと考えることもできそうだ。そうだとすると、ここにやって来た連中が、この屍体の右手に拳銃があるという事実を何ら不思議なことと思わないとしても、あるいは大いに不思議なことと思ったとしても、あるいはまた……云々、云々と正反対《つい》こもごもの対を並べてだな……、だからと言って、この連中が必然的に粗雑なやつらだと定義することはできないし、またそんなことをしてはならないだろう。それじゃまるで、この俺が自分の問題の解決のために参照すべき仮説を何も用意していないとでも言うようなものだからな、あるいはもっと単純に言ってしまえば、根本的なデータ——お望みとあれば未知数だが、これは捜査官たちの知性でもなければ、あるいは感受性なんかでもないってことだ。それなら、そいつは何だ？　どこにあるんだ？　うへえ、たぶん俺のなかにあるんだ。そうとも、そうとも、そんなことは我々、百も承知だが、実際にはそんなことを言ってみたって、まるっきり何も言わないのと同じことだ。我々の内部にあるものは、やはりつねに我々の外側にもあるんだ。つまり、慌てるな、我々が何らかの関係を結ぶことができたものは我々の内部にあると、こう言おう。しかし関係がすべてではない、一つの関係はそのような他の事物の存在を否定したり、あるいはそれにとって替わったりするどころか、それらの存在することを肯定するのだ。関係は自己充足的ではない。またかりにそうであったとしても、俺は今、ここにあるこれらの事物とは何の関係もない……。何？　何の関係もないだと！　冗談か？　冗談どころじゃないんだ、頼むから、打っちゃっといて捜査官の問題に戻ろうじゃないか、ガボリオの捜査官に。捜査官というより、むしろ文学上の人物と言いたまえ、彼らだってずいぶん勿体《もったい》ぶった連中なんだ。彼らがこの俺に思い出させるのは、不死なるものなどというものを弄ぶ、それどころか発明した学者先生たちの敵手たちだ、あんなものは将棋のゲームのようなものだけれど、その学者先生たちだって、まるで足もとにも及ばないような相手がいてくれなくては、その不死なるものなんぞこれっぽちも発明することも弄ぶことだってできなかっただろうに。やれやれ、まるで噴飯ものの果し合いだ、わざと反語的に考え出したみたいじゃないか。いったい、こんなことから何が引き出せるのかな？　つまり、かりに捜査官が犯人に匹敵するほどの人物であったとしても、彼が勝利し、彼らは敗退するに違いないということかな？　だけど、ある意味ではこのとおりなんだ。しかも、こういったことはみな、現在の場合、大した結果には導かない。問題はこんなことにはないんだ。実際、例の捜査官たちが粗雑な連中であり、またそのように定義し得る連中だということが、すでに証明されたものと考えてみよう。ところで、いったい、そこからどんなことが生じるのだろう？　いや、問の立て方が悪かった。もっと適切にはこう問わなければならなかったんだ、例の捜査官たちが、如何なる理由によるにせよ、死んだ男は左利きであったこと、したがって自殺劇の演出は申し分なく完璧であったこと、等々に気づかなかったことという事実から、いったいどんなことが生じるのだ、と。ところが答は、またしても、ゼロ、何にも、である。そのことについては、即座に三つの理由をあげることができる。第一は、恐らく、ナポレオンにとっては大砲による最初の返答だけで十分だったのと同じように、これだけで十分なはずである、すなわち例の擬装された自殺は例の擬装された自殺だったというわけであり、これはこれというわけである。第二は、偶然的条件から規範を、それも正真正銘の振舞い方に関する規範を演繹することは不可能である、ということ。この点、というよりもこの定式化は、言うまでもなく、さらに細部の説明を必要とするところだが、時間がない。したがって、ここでは以下のことを述べるだけで十分としよう、例の捜査官たちの振舞いは議論の余地のない、不可避的な結果としてあるのではなく、つまり自殺者の左手に拳銃を発見した捜査官が、云々、云々……というのも必然的にそうならなければならないというものでもなく、それどころか拳銃とかその位置とかは捜査の必要不可欠の要素ですらないのである。第三には、彼らの振舞いがどのようであれ、それは検討されている事例のその後の局面に関するものであって、したがってこのようなその後の局面がそれ以前の局面に対して、どのようにして範例なり警告なり習熟として役立ち得るのか？　それどころか、この両者には何の関係もないのだ、そもそも事件そのものが双方、何の関係もないのと同じようにだ。ああ、信じたまえ、諸君、私の言葉を、問題などというものはすべて、解決不能であるだけではなく、何と、考えつくことさえできないものなのだ。まるで頭の上に落ちて来た瓦だ、それ以上のものじゃないのだ、言ったとおりじゃないか！

しかしよく考えてみてくれたまえ、ちょっとだけ私に注意を寄せて、君たち自身でこんな滅茶苦茶な話を判断してみたまえ。今私が話題にしたその後の局面というのは、具体的には、現在の私にとってはなお来《きた》るべき局面なのであり、同様にそれ以前の局面というのは、その後の局面に対しては然るべく経過したものではあろうが、私にとっては今、現在の局面なのだ……。何もおかしなことだとは、諸君、思わないのかね？　でも、よく考えてみたまえ、いいかね、言葉は何の役に立つのかね？　一言ずつちょっと立ち止まって、順番にそいつを手にとって見るんだ、そうすればその奇怪さが諸君の目にもはっきりと見えるだろう、跳びこんで来るほどさ！……　しまった！　いったい俺は、誰にむかって話をしているんだ？　誰にむかって話をしているんだ？

……俺は考えることができない、これなんだ、これが禍いの種子なんだ、学位なんかいくら持っていたって、でも、俺は考えられないんだ。もうこれでおしまいだ、残されているのはたった……

精神的な回路（これを思考とは言わない、ここでは思考はまったく無関係なのだから）の働きは、周知のとおり、電撃や光速よりも速いのだが、それでもこれを時間への隷属から完全に解き放つには不十分である。要するに、犯人がここで悟ったのは、安全に逃げ出すのに必要な三十秒を別にすれば、もはや三十秒とは残されていないということなのだった。そこで彼は恐慌《パニック》に捉われてしまった。三十秒というのは、精神が明晰で頭脳を混乱させずにいるものにとっては、まだ十分に長い時間である。しかし彼は今や自覚していた、もはや疑う余地はなかった、自分が陥っているのは我とわが……、読者はこれを何と定義なさいますかな？　で、彼はいっさいの希望を失ってしまっていたのだ。卑怯にも彼は逃げ出すことを考えていた、みずからの傑作を未完成のままに、というよりもその最重要の一点において拭いがたいほどの汚点を残したままに（というのも、これはあの最後の仕上げの一筆によって意味と輝きをあますところなく発揮するはずのものなのだったから）捨ててゆこうと。俗悪な犯罪——こんなものに彼の傑作は落ちぶれてしまったのだろうか？……　しかし、この時ふと、彼のあの内的な会話の数語が彼の精神を燃えあがらせた、「賭けだ！　運にまかせろ！」と。そうだ、そうだ、疑う余地はない、これだったのだ、これ以外にはあり得なかったのだ、優に十分もの間、彼が求め続けていた解決は（それに疑問の余地はあったにしても、その疑問を明らかにする時間がないことには疑問の余地はなかった）。

熱にうかされたように、彼はポケットの中を探り、硬貨《コイン》を取り出すと、それを宙に抛《ほう》った。表なら拳銃を屍体の左手に（必要なあらゆる注意を怠らずに）、裏なら右手に置くんだ。硬貨は宙に舞い、高らかな響きを立てて床に落ち、ころころとデスクの下まで転がってゆくと、ようやく平らになって止まった。犯人は、自分の立っている場所からはお告げを読みとることができなかったので、勢いこんで、四《よつ》ン這《ば》いになり、硬貨のほうへ進んで行った。他人が（誰なんだ？）、あるいは何かしら他のものが自分の代りに決めてくれたのが、無上の幸福だった。とりわけ、決定できたことが嬉しかったし、またその決定が正しい決定なのだと盲目的に信頼していたのだった……。すんでに目標に到達しかけていた時、突然、見つめられていると感じた。彼自身をというわけではない。誰かが、デスクの下から突き出ている自分の尻を見つめているのを感じたのだ。彼ははっとふり返った。

夜警が戸口から、その巨軀をもって見下していた。溶《と》けたような空色のその両の目が、呆《あ》っ気《け》にとられたように彼を眺めていた。「いや、その、先生……」と、まるで自分のほうが悪いことをしたとでもいうように、心細げに呟《つぶや》いていた。それから屍体のほうに目をむけたけれど、それでもその両の目に映し出された新たな感情にまじって、驚きの色がなお圧倒的な比重を保っていなかったというわけではなかった。

男は、その間に起きあがっていた。無言のまま、彼は身ぶりよりもむしろ眼差しで、デスクの上の株券やら札束やらを夜警に指し示した。贈与、つまり取引きの申し出は明々白々だった。しかし相手は、これもまた無言のまま、微かな笑みとともに首をふった。もちろん、油断のならない微笑なのだ。事実、彼はすでに手にしていた拳銃を構えると、それを犯人のほうへ向け、勧告でもあり同時に警告でもある目配せをした。下手人にはそれが理解できた、両の腕を拡げ、脇に寄って相手が電話に近づく邪魔にならないようにしたが、ただし自分はつねに相手の射程から逸れないように注意していた。まったくだ、と、彼は思った、こんな獣みたいな相手から何が期待できると思っているんだ！

「だがね、ジョヴァンニ、ちょっと教えてくれないかね」と、やがて、二人とも警察の到着を待ちながら、向かい合ったまま手をこまねいていた時、彼が尋ねた、「君は決まっていた時刻の一分前にやって来はしなかったかね？」

「そのとおりですね」と、相手は実にさりげなくちらりと壁にかかった時計のほうへ目を走らせて言った、「そのとおりです、私は硬貨《コイン》が落ちて転がる音を聴いたものですからね。そこで、お分かりでしょうが、先生、私は忍び足でここまで駆けつけたってわけです……」

さてもうお分かりですかな、人間というものがどこまで馬鹿げた思案にふけっていられるかということを。そしてまた、我々の運命が如何なるものに委ねられているのかを、――それも床板の上よりも絨緞の上に硬貨を抛るほうがずっと簡便だという時に。またもはや問題は解決ずみだという時に！

（米川良夫訳）

A rotoli

キス

公証人D、独身、まだ若いが女性にたいしては恐ろしく臆病な男、かれは電気を消して眼を閉じた。と突然唇に何かを感じる。風のそよぎというよりは、唇の上を羽毛がかすめたような感触だった。この時は気にも留めなかった。ベッドカバーが揺れただけだったかもしれず、あるいは蝶のような虫かと思ったが、すぐに眠りに落ちたのである。しかしあくる夜にもまったく同じ、いやもっとはっきりとした感触があった。すっと通り過ぎたのではない。何ものかが一瞬かれの唇の上に押しつけられたのだ。はっと驚いて公証人は明りをつけ直す。あたりを見回したが、何も発見できずに頭を振ると、また眠りについた。なかなか眠れなかったが。三日目の夜ともなると、かすかなどころではなく、それが何であるかも明らかとなった。まぎれもないキスだったのだ！　いわば暗闇自体のキス、闇がかれの口の上で瞬間的に凝縮したようだった。こんなものとは考えてみたこともなかったが、キスはキスに違いなかった。たとえ夢に見ていたようにしっとりと濡れて甘いものではなく、乾いた感じが残念だったとしても、何であれともかく天の贈り物と言えた。おそらくは隠された欲望の投影にすぎず、つまるところ幻影なのだろうが、ようこそ、とでも言っておこう。困惑しながらも、うっとりするような不意打ちであった。我らのヒーローは、闇のなかで（愛は暗がりを求めるという判断は正しいはずだ）木偶《でく》の坊よろしくじっと横たわっていた。そうして、次回のキスが待ち遠しいようにも思われたのである。

　キスは夜毎に激しいものになっていった。もっともそこには女性らしさのかけらも感じられなかったが。ここにいたって公証人は、すでに忘れかけた理性の言葉に背を向け、なんとかしてこの気前のいい存在を召喚し、目の当たりに見てみたいという馬鹿げた熱望のとりことなった。毎度のように空《くう》をかき抱くのに疲れたのだ。たしかに、キスがあるなら、これを与える実体が存在するはずだった。はかないエーテルのようなものでも、凝縮して何らかの形をとったなら、腕に抱きしめることもできるはずだ。それではああ、かれは現実との接点をすっかり失ったのだろうか？　いや最初のうちはおそらく、願望が幻影に具体的な形を授けるに違いないと空想し、自分自身を欺くような気持ちであったろう。だがいくらも経たないうちに、その現実性を疑うこともなくなったのである。

　しかしよく考えてみよう。どうすればこの存在がキス以上のものとなり、つまり肉体を持つことができるだろうか？　それが心理的な方法以外にはありえないことを、公証人は完全に理解していた。こうして、キスを受ける度に、全神経を集中させて自らの意志とエネルギーを投射し、この捉えどころのない存在、流れ去る実体の何かをほんの一瞬でもかいま見ようとしたのである。細部を合計すれば相手が何であれ何らかの姿を摑《つか》むことができるはずだった。ともかくこの努力の後には、暗闇のなかに漠とした気配を感じるようになった。ほんとうにこの方法が正しかったのか、あるいは他に理由があったのかはさておき、かれはほどなく多くの成果を得ることになったのである。

前もって言っておくと、部屋は狭い中庭に面しているだけで、夜ともなると外から入ってくる光はほとんどなく、真っ暗にするには、ぴったりと合うブラインドを降ろすだけで事足りた。さてこの暗い穴蔵のなかで、闇よりも暗い闇、暗闇のなかの夜とでも言うべきものが見えたように思われた。馬鹿げた言い方かもしれないが、何処にあるのかもわからず輪郭もはっきりとしない影のようだった。さらに奇妙な現象があった。第二の夜が部屋に立ち上がると、まるで血紅色の夜明けが、縁飾りをつけた北極のオーロラさながら、不吉な薄光を放ちつつ地面から上昇するように見え、それが小刻みに揺れながらだんだんと消えてゆくのだ。そしてとうとう（視覚的な現象だけではなかったのだ）ある夜、部屋の角に響く低い笑い声をはっきりと耳にした。陰気で不自然な凍りつくような笑いだった。

この結果に喜ぶべきなのかそれとも恐れ戦《おのの》くべきなのか、かれにはわからなかった。ともかく、たとえこれ以上はっきりと姿を見なくても、望んでいたようなものではないのは明らかだった。板挟みになったかれは例の召喚の努力を中断するが、相手はさまざまな機会をとらえては訪れた。キスは今では貪《むさぼ》るようなものとなっていた。生気を吸い取られたように痩せおとろえ疲れはて、食欲もなく眠りも浅かった。この状況がもっと先へ進むことがないようにと、かれは苦しげにひとりごちた。仕事にも身が入らず、健康はひどく損なわれ、もうとても続けては行けない感じだったのだ。遂にかれは遅れ馳せながらも決心した。最初からそうしていたら、こんな状態に陥ることはなかったろうに。つまり明りを灯したまま寝ようというのだ。この決心は、言ってみれば試合を投げ出し、すべてを放棄するにも等しかった。ロマンティックな気質のかれにはたまらなく残念なことだった。しかし現実には、自分が何か神秘的なものの注目を受けているという、初めの頃の恍惚感も、すでに、迫りくる危険の予感へと変わっていた。いずれにせよ、かれは部屋いっぱいに明りをつけて眠ることにした。眠れたろうか！

しばらくは何もかもうまくいっているようだった。何か物足りない気もしたが、ほっと一息ついたものだ。だがある夜、明るい部屋のなかで、振り出しに戻ることになった。つまりキスを受けたのである。まさに寝入りばなだったが、はっと起き上がると、ひょっとして夢でも見たのかと考えた。かれはまたうとうとしはじめたが、意識がすっと落ちていくその瞬間、再びはっきりと大胆なキスが唇に押し付けられた。『押し付けられた』という言葉だが、実際のところこのキスは竜巻のように激しかった。公証人に分かったのは、暗闇を利用できないと知った例の存在が、今では夢うつつの状態に付け込んでいるということだ。これにはもう手の打ちようがなかった。このときに、かれが長いあいだ拒否していた恐ろしい疑いもまた、確かなものとなったのである。例の存在はかれから養分を吸い取り、かれの血と生命、魂を蝕《むしば》みながら次第に強く大きくなってきたのだ。

こう確信するとともに、公証人は最後に残った気力までも萎えてしまい、鈍い諦めのなかへと転落していった。それからのかれの生とは、避けることができない死、そう遠くはない死を待つことでしかなかった。

馬鹿げてグロテスクなことだったが、逃げ道はないように思われた。人生においてしばしば経験するように、グロテスクであると同時に悲劇的なことだった。逃げるだって？　いったいどこへ？　それにあの存在が自分自身の産物だとしたら、逃げることが何の役に立つだろう？　たとえ逃げることが可能だとしても、そんな意志とエネルギーがどこにあるだろう？　それよりも自分が作り出したものに命を注ぐべきではないだろうか。どうせあと少しですべてが果たされるのだ。そして、最後にせめてもの望みとして、今やすっかり強力なものとなった存在、その〈女〉をかいま見ようとしたのである。つまりかれに残された唯一の感情は破廉恥な好奇心、自分でも恥ずかしいとは思ったが、抵抗できないような一種の好奇心だった。夜になると以前のように明りを消し、安心した〈女〉がいっそう大胆になることを期待した。

苦しみの夜な夜なにかれが見たものは、ぞっとするほど不条理なものだった。最初は部屋いっぱいに巨大なかたまりが見えた。それは奇妙にも空虚だったが、周囲の闇より深い闇で、暗黒の宇宙の穴のような、いわば空虚のなかの空虚だった。〈女〉は触手のような突起で全身を包み、魔法の風に揺れるように折れ曲がったり立ち上がったりしていた。そして突然、この反物質的なかたまり、空虚の泡は、極めて細く鋭いものに変化し、何千ものせせらぎに砕けると、まるで毛細血管のように辺り一面に広がり、かれ自身の内にも染み込むように侵入した。あるときは、部屋にかすかに甘ったるい腐臭が充満し、ありえない風景や想像を絶するイメージが見えた。また単なる感覚、はかない記憶のようなものにすぎないこともあった。それは謎めいて恐ろしげな、自分自身にさえ先行するかと思えば、すべてのものの後、あらゆる確固とした経験の後にくるような記憶、不定形でその存在さえ曖昧なものの記憶だった。そして再びあの低い笑い声、氷の微笑、恐怖の戦慄がかすめてゆき、口のなかに何か苦い味を残してゆく。ほんとうは身体全体が覆われるような感覚だったのだが。

ともかく公証人にはもうわずかな時間しか残されていなかった。最後の夜、かれの眼（肉体の眼と魂の眼）の前に巨大な裂け目が開き、貝殻か子宮にも似た灰色の渦巻が、上からじわじわと迫ってきた。螺旋《らせん》の頂上からはかれを呼ぶ声が聞こえた。かさかさに乾いたかれの皮膚は青白い燐光を放っていた。鬼火のようなこの光は生命の徴というよりは腐敗の兆候に見えた。まるで暗黒の淵にかすかな明りを灯す深海魚さながらだった。事実、かれの血管にはもう一滴の血も流れてはいなかった。血の代りに燐光を放つものが流れていたが、その光もまた一瞬のうちに消えてしまう。最後の時が来たのだ。かれの肉体は捨て去られた。おそらくはその瞬間、自らを放棄した代償として、〈女〉を正面から眺めることができたはずだ。かれの生命を吸い取った存在は、いま至高のキスを奪い取ったところである。

これで終わりだった。そして正体不明の存在は、抜け殻となった肉体から立ち上がると、どこかへ走り去った。

Il bacio

（柱本元彦訳）

日蝕

ジョヴァンナは厄介な気分屋の娘で、ときには少々気どり過ぎといった風でもあるのだけれど、本質的には愚かな女だった。ところが、それがそうでもなかったのだ。せめて一人の人間をそんな風にいとも手っとり早く片づけてしまえるものなら！　ジョヴァンナのその定まらなさは、むしろ知性の爆発ないしは周期的循環（といっても、それほど周期的でなく、むしろ予想しがたいものだったが）であったり、あるいは、そう、その翳《かげ》りであったりすることだった。しかもそうしたことが、彼女の生来の素質を示すものなのか、あるいは単に、ひょっとして事故、偶然の出来事なのかはよく分からなかった。もっとも、言っておかなければならないが、そんな問題は彼女のボーイ・フレンドたちの関心を沸かせることさえなかった。小柄で、華奢《きゃしゃ》で、蒼白く、髪の毛は色褪せたブロンドで、ひどく醜いというのではないけれど少々不器量な、そんな彼女の存在を、ひとりエンリーコだけが、少しばかりはっきりと心に留めていたのだった。

そのエンリーコが、アルノ河ぞいの通りには日射しがあふれる日和とはいえ、風の肌寒いある日のこと、とある友人と通りでぱったり行き会った。ドイツ人の美術批評家で、ずんぐりとした牡牛のような体格の、頭はほとんど禿げあがっているという男なのだったが、この男、一見何ひとつ（そもそもイタリア語からして）分かっていないという様子をしていながら、そのくせ実は何もかも、少なくとも文字どおりには、理解しているのだった。二人はぶらぶらと散策を続けながら話し合っていたが、やがてそれ以上どうしたものか分からなくなってしまった。エンリーコにとっても、また恐らくその連れにとっても、その日の午後は空虚で苛立《いらだ》たしいものに思われて来た。ちょうどそのとき、どこやらからジョヴァンナがひょっこり姿を現わしたのだった。折にふれて彼女が示していた好意のあるらしい様子に力をかりて、エンリーコは自分たちと一緒に来ないかと彼女を誘った。しかし、それでも事態が大いに進んだというわけでもなかった。ようやく、その日は部分日蝕があるという話題が出て、男たちのどちらからかの発案で、丘の上の美術批評家の家へ行って日蝕を見ようということになった。娘も何も言わなかったので、彼らはそろって出かけて行った。

丘の上の書斎は広々とした居心地のよい部屋で、大きなガラス張りの窓からは大聖堂《ドウオーモ》のばかでかい円屋根《クーポラ》がはるかに見えていた。お茶もまたこの上なく繊細なものだった。しかしやがてまた振り出しに戻っていた。日蝕を待ちながら、誰ももう何も話さなかった。エンリーコは疑わしげにジョヴァンナを眺めていた。要するに、彼女が好きなんだろうか、たとえ自分流儀であろうと、少なくとも興味をそそられているのだろうか？　イエスでもありノーでもあった、ちょっとばかり、というところ。とりわけ彼女の頭部を彼は見つめていた。実際、一風変わった様子がその娘にはあったのだ。それは髪の結い方で、三つ編みの毛を二重の環のように頭に巻きつけていた。それに、その髪の毛は、解くと地面にまで届くという噂だった。

「ちょっと聴きたいんですけどね、ジョヴァンナ、ほんとうなんですか、貴女のその髪の毛って……」

「ええ」と、彼女は控えめに答えた、「床までちょうど……」

「まさか？　見せて頂けますか？」

「もちろんですわ」

「じゃあ、お願いです」

それ以上は言わせもせず、娘は編んだ毛を解き始めた。しかしエンリーコは、豊かな髪を足もとに届かせている乙女という古代的な、滅多には見られないイメージにはやくも審美主義を刺戟されて、もうこれだけでは満足しきれなくなっていた。

「ねえ」と、彼は言った、「こんなこと、失礼ですけど、お願いしたら気を悪くなさるかしらね、でも、それこそ空前絶後の見ものになると思うんですがね、もし、貴方が……」どのように表現するべきか彼にはよく分からなかった、というのも相手が今、聡明さの局面にいるのか、それとも愚昧さの状態にあるのかが分からなかったからだった。しかし彼女はすぐに理解したらしかった、というのはびっくりしたように彼を見つめたからだ。しかし、それでもやはり、彼女はこう尋ねた。

「もし私が、何かしら?」

「ううん……」エンリーコは戸惑ってしまった。「要するに、すっかり脱いで頂かないと、はっきりイメージできないっていうことなんですよ、今風の洋服のままこの黄金の滝の下に立っておいでなんじゃ」ほんとうのところは黄金というわけではなかったけれど、そんなことは大した問題じゃない……。いかにも、そうあってこそイメージは完璧なものになるのだった、――ひっそりとおのが裸身《はだかみ》を我とわが髪の毛に包み隠して立つ乙女子という(心中ひそかに彼は帳《とばり》なす玉の御髪《みぐし》とこれを呼んでみたりさえしていたのだった)。

娘はじっと彼を見つめていたが、その奇妙な表情の中にエンリーコはつかの間のもの以上の好意を認めたように思った。一方、肥満型の美術批評家はこの突飛な思いつきにすっかり有頂天になって、ぶつくさと片言まじりの文句で応援を買って出ていた。

「うん、うん、そうだよ、何、何も悪いことなんかないものね」

ジョヴァンナはエンリーコから目をそらせて、勿体《もったい》らしげな一瞥をドイツ人に投げかけると、ついに、こともなげにこう言った。

「いいわ」

彼女は立ち上がると、指さされた隣室に姿を消した。つまるところエンリーコは、彼女は今もっとも閃《ひらめ》いている時期にある、と結論した。

ほどなく彼女はふたたび姿を現わした。細く柔らかな髪の毛が、ほとんど束縛から解き放たれてその量を何倍にも膨れあがらせたとでもいうような、想像をはるかに絶する豊かさで、ゆらゆらとゆらめき纏《まと》いつきながら、ほんとうに床の上まで垂れ落ちていた。それは彼女の全身を、貞潔に、猛々しく覆い隠していたので、万一、二人の男が心中に育んでいたかもしれない猥《みだ》らな想像を打ち負かせてしまえるほどのものだった。まことに呆然とさせられるばかり。しかしさて、本来の願いが満たされ、賞讃の言葉も底を尽き、またその底が見えてしまえば、他にまた何を言ったりしたりすることがあっただろうか?

「見たまえ」と、批評家が言った、「始まったよ」

日蝕がいよいよ始まったのだった。マッチの火で煤《すす》けさせたガラスの小片を通して姿を見せている太陽は、はやくも影に嚙みつかれていた。そして部屋の中にみなぎっていた明るい光は、目に見えてその勢いを減退させるというのではなく、何やら気取ったような銀の色となり、少しずつひ弱げになってゆき、安定感、信頼感を、またあの親密さを失ってゆくのだった。そのために未だ経験したことのない眩《まぶ》しさ、感覚のではなく想像力の眩惑感、拡散するいかがわしさ、ほとんど別世界とも言えるものが、それでもなお生き永らえた昼の気配の陽気さの今やあまりにもはかない横糸の彼方、もしくはその背後から浮かび出て来るというようだった。

三人は何やら怯《おび》えたように顔を見合わせていた。月影はなお日輪を蝕み続けていた。それはついには、まるで子供がかじって舗道の上に投げ捨てたあのまるいビスケットの破片のように、痩せ細った半月形となって見えていた。漠とした予兆が今では緊迫した脅威となってのしかかり、光は真実、か細いものに弱まっていた。ほんのちょっとのことではあったけれど、忍び入るような、いわく言いがたい闇の印象が、疑惑、不安の形を帯びて、精神を曇らせてしまいそうになっていた。だが、すぐさま不安定あるいは均衡の局面——というより一瞬——がそれに続いた、天体現象の終局をしるす戦慄的な一瞬が。背信の攻撃を退けた今、日輪ははやくもその黄金の輝きをふたたび残りなく燃えあがらせて輝き始めることだろう。

にもかかわらず、あの定かならぬ感情に押されてか、あるいは生来自然の変化（ことによれば退化）のためなのか、ちょうどその同じ瞬間に、ジョヴァンナは泣き出していた。まさに、声もなく。涙は涸《か》れることのない泉から滾滾《こんこん》と湧き出るとでもいうように、彼女の両頬をつぎからつぎと流れ落ちてゆき、一方その両の目は無限の悲哀をこめて見つめているのだった。しかも、余すところのない彼女の姿のすべてが、そこにあった、痛ましく、色褪せて、その豊かな頭髪さえもが今ではかえって笑うべき属性、嘆きに逆らう力さえない富と化してしまったかのように思われるのだった。

エンリーコの最初の反応は苛立ちであり、ついでようやく困惑となった。やれやれ、いったいどうして欲しいというんだ、なぜ泣いているんだ、この女は？　もしかしたら、隠されているとはいえ裸でいることに怯えたためなのだろうか、そして太陽が欠けたせいで、いっそう激しい印象を彼女に与えて、ますます無防備なもののように感じさせたということなのだろうか？　それとも、むしろ今ごろになって侮辱に、彼女から言わせれば侮辱を蒙《こうむ》ったということに、気がついたということなのだろうか？　そうとも、もちろん彼女は男たちの不都合な要求と、またみずからそれを黙認したということで傷つけられたと感じているというわけだ、つまりは低劣な感情とやら……。あるいはまたむしろ、こんな要求を受け容れてしまったということで、もっと深い感情、言ってみれば彼に対する愛情（彼の思い違いでなければ、そしてほんとうにそれが愛情だとするならば）を、自分から損なってしまったと感じていたのだろうか？　しかしもっと大事なことは、こういったことすべてにおいて、彼エンリーコの役割はどういうところなのだろうか？　つまり、彼はどんな役割を果たすべきなのだろうか、曖昧な彼の感情にどのような方向を与えなければならないのだろうか？　ところが、このような問を提起している事実そのものが、答を決定していたというわけだった。というのも、もしも……、もしもだが……、……そうとなったら彼の全存在はおのずと娘のほうへ差しのべられ、自分の保護下に彼女を包みこみ、安全な避難場所にというようにおのれの胸に彼女を匿《かくま》ってやる必要を感じている、等々のはずなのだから。ところが、そんな必要はまるで感じていないのだった。じゃあ？　彼女を思いのままに泣かせておいてやり、まるっきり口出しなぞはしないでいるべきか？　ましてや自分から名告《なの》りをあげたり、あるいは彼女にも自分はこうだと言い出させたりはしないこと？　確かに、彼女に泣かれているのは迷惑だった、しかしあまりにも混沌として不透明な精神のありようを明らかにし、浄化するにはまだまだ十分ではなかった。つまるところは、迷惑だという、それ以上のものではなかったのだ。それにしても、エンリーコのほとんどそれとは感じられぬほどの、この悔恨はどこから生まれて来るのだったろうか？

　ところが、肥満体の批評家のほうは、娘の恐怖が何によるものなのかよく承知しているという風だった。あるいはもしかしたら、そんなことは問題にもしていなかったのだろう、保護者的な彼の性質にとっては、彼女が怯えているというだけで十分だったのだ。こうして彼はもっぱら彼女を慰めようと熱を入れて、「可愛い子ちゃん」と呼んでみたり、機会に乗じて「君・僕」の口調になって、父親らしく腕を娘の肩にまわしたりして、さらには何やら不安げな、あるいは何となく非難がましい眼差しを友人に投げかけることさえ怠らなかった。ようやく彼女を隣室へ促し、服を着けさせた。いつものことながら、責任の少ないもののほうが余計に仕事を負わされるものなのだ。その間に太陽は、はやくも西へ傾きながら、その丸みと勢いをもとどおりに取り戻そうとしていたし、やがてジョヴァンナが服を着て、髪をふたたび上に結いあげて部屋に姿を現わしたときには、今や影の力に対して完全に凱歌をあげるばかりになっていた。

すべてがふたたびその整然たる姿をとり戻していたし、またそうとなると、彼ら三人の集まりも、またその愚図愚図としたややこしさも、急にひどく退屈に思われだすのだった。批評家はそのまま自分の家に残り、二人は市中を目ざして丘を下って行った。

「ねえ、ジョヴァンナ、ぼくが知りたいのはですね、つまり……、その、大体のことは分かっているんですけどね、それよりも日蝕がどう関係しているんだろうかってことなんです」

「何のことかしら?」

「だから、ぼくが大体、分かっていること」

「あなたは私のことを馬鹿だって思ってらっしゃるんでしょ、違います?」と、彼女は答える替りに尋ねた。

「違いますよ」と、エンリーコはとりなすように言い返した、「ときによってはそうではないってことは、ぼくにもはっきり確認できていますからね」

「まあ、そう、でもこの場合は、私たしかにそうなのよね、だって日蝕がどんな関係があるのか、私には分かっていないんですもの。ほんとうに知らないんですのよ。でも、よくって？　太陽が完全なままでいる限り、まるで大きな宝石が私たちの青いエナメルの空に嵌《は》めこまれているっていうように考えていられますわよね。単なる宝石で、ただそれっきり、天体なんていうものじゃなくてでしてよ。でも、今日みたいに、危険にさらされてしまうと……」

「何が危険なものですか。ただ月が、我々の目には見えないで、割り込んで来たっていうだけですよ……」

「そう、そうでしたわね、月なんですよね……、で、私が申し上げていたのは、太陽が危険にさらされると、そのときになって私たちは、いきなり、星々の運行とか、星が廻転して重なり合ったりするんだってこととかを感じさせられるんだってことなんです。でもその感覚のなかには私たちの希望とか感情などというものには何の場所も与えられてはいませんわ、いいえ、むしろそこからはどんな慰めも引き出すことなどできないって思われるんです。つまり、天空で起こるあのような出来事も、ヴェールを剝がされたその全貌のなかに置いてみれば、私たちの内部にあるものにはまるで無関心、いいえ、それどころか完全に黙殺、ってそんな具合なんですわね。つまり私の心のいちばん奥深くに秘めている願いも、一番愛《いと》しく大事にしている幻想も、まるっきり問題にもしてくれないんですわ。とても残酷なことでしてよ」

「どんな幻想でしょう。取り立てて言えば？」

「まあ、エンリーコ、何て冷たいお声なんでしょう！　じゃあ、私の幻想をお聴かせすることをお望みなんですの？　是非とも必要ですの？」

「いえ、どうぞ仰言《おつしや》らないで」

鞭で打たれた犬のような目をして彼女は彼を見つめていたが、その眼差しには理不尽な、愚かしげな不安の色が映っていた。合図を待ち受けている、きらきらした目の色だった。また泣き出すんじゃないかと心配になった。ああ、とんでもない、まっぴら御免だとも！　せめて黙っていてくれさえすれば！

で、彼は？　要するに、彼女が好きなんだろうか、たとえ自分流儀であろうと、少なくとも興味をそそられているんだろうか？　イエスでもありノーでもあった。ちょっとばかり、というところ。

（米川良夫訳）

L'eclisse

騒ぎ立てる言葉たち

朝、起きると、もちろん私は歯を磨く。というわけで、私は歯ブラシの上に練り歯磨きを長さ一センチ五ミリほどの蛆虫《うじむし》みたいに押し出すと、その歯ブラシを口の中へ突っこんでごしごし歯をこすり、ついで口の中を泡だらけにしたまま、蛇口から一口、水を啜《すす》った。こんなことを言うのは、要するに、私はすべていつもどおりにしたということを言いたいからだ。

私は口をすすいで、ぺっと吐き出した。ところがである、いつもどおりの気色の悪い液体が飛び出して来る替りに、彼らが飛び出して来たのだった。言葉たちだ。どう説明したらいいのか私にも分からないけれど、言葉たちなのだ。しかも生きていて、洗面台の水溜めのなかを、さいわい水は空っぽだったけれど、あっちこっち跳びはねていた。あるものなぞは足を滑べらせて、危うく排水口へ落っこちそうになり、ようやくしがみついて助かったほどだ。どれもひどく元気がよさそうで、はしゃいでいたけれど、いくらか気違いじみても見えた。まるで、時どき兎小屋の兎がやるみたいに、あるいは早瀬で遊ぶ若い川獺《かわうそ》みたいに、ぐるぐると走りまわっていた。やがて、彼らは断然、鏡へむかって登り始めた。鏡そのものというわけではないけれど、鏡をのせた平台《ひらだい》の上までよじ登ろうとやり始め、しかもまたそれに、どんな風にしてだかは私にはさっぱり分からないのだけれど、みごとに成功するのだった。で、その時になって、私は彼らが何やらしきりにしゃべっていることに気がついた。というよりも彼らは、きいきいとひどく甲高い声で怒鳴っていたのだけれど、それでも私の耳にはその声はやっぱり蚊の鳴くほどでしかなかった。台の上にあがると、彼らはまるで舞台の上とでもいうように、バレーやら、パントマイムの仕草やら、お辞儀やらをやたらとくり返し、それからしきりに合図をし始めたので、何か私に話したいことがあるのだと理解できた。耳をそばだて、顔を近づけ、こんな風に苦労しながらではあったけれど、彼らの言うことは何とか聴きとれた。それればかりか、目が慣れて来ると、その何人かはすぐに見分けがつくようになった。ほんとうなら、識別できるとか、あるいは読むことができるようになったとか言わなければならないのだろうが、……何しろ大概はほんの近所つき合い程度にしか存知あげない方々ばかりなのだから。ともあれロクプレターレ（金満家の）とか、マッシコット（一酸化鉛・リサージ）とか、エラーリオ（国庫）、マルテッロ（つち・ハンマー）、その他の言葉が目に入った。

「私たちは言葉なんです」と、どうやら女隊長であるらしいロクプレターレが切り出した。

「そのとおりのようですな」と、私は答えた。

「私たちは言葉で、あなたはあの連中の仲間ですよね」

「あの連中って、誰のこと？」

「私たちのことをさんざんにこき使っている連中の一人っていうこと。だから、私たちはあなたにお願いして公正な裁きをしてもらおうと思っているわけ。このごろみたいに再請求だの、再調整だのって、「再・再」づくめの御時勢なんですからね、私たちだって遅れをとってるようじゃ、オカしいじゃない？　でも、私たちがみんなして一遍に要求を出したんじゃ、きっとおジャンだわ。一度に一つずつってことよね。要するに、私たちは再分配を要求しているの」

「再分配って、どんな？　何のだね、お馬鹿ちゃんたち？」

「意味のよ、最初はね。私たちそれぞれ一つずつ、何かを意味してるのよね、違う？」

「まあね、小説家やジャーナリストの誰かれがどんなことをやらかそうとね」

「じゃあ、聴いて。例えば、私はロクプレターレ。私は何を意味しているの？」

「大体、〈財産に関する〉ってところだね」

「そうなのよね、だってあなたは知ってんだもの。でも、知ってなかったら？」

「何ていう質問なんだね？」

「違うのよ、よくって、私はあなたが言った意味をもっているの。でも、そんなことって正しいと思う? それよりも、私は〈小川とか、何かしら流れる水に関する〉っていう意味であるべきなんだわ」

「でも、何故なんだい?」

「呆れたわねえ、〈ロ《lo》、ク《cu》、プレ《ple》、ター《ta》、レ《le》〉よ、あなたは耳がないの?」

「ふうん。だけどね、そもそも君は、もしかしたら最初っから存在もしていないのかもしれないんだよ。私はね、〈ロクプレターレ(富ませる)〉、〈ロクプレタツィオーネ(財産取得)〉、〈ロクプレティッシモ(きわめて豊かな)〉ってのは識《し》っているけどね、でも君は……。それに、存在していたとしたって、滅多に使われることはないんだから、何を不平なんか言うことがあるんだね?」

「存在しているわよ、存在しているわよ。それに私が滅多に使われないとしたって、そんなこと何ていうことにもならないわよ」

「聴いて、聴いて」と、別の言葉がとび出して来た。「私はマジョストラ。で、私は何を意味しているかしら?」

「分かるものか!」

「偉いわね、あの連中の仲間だっていうのに。でも、これは余計なことだったわね。それに、そのほうがずっといいわ。だけどさ、こうして見たところで、私、何を意味してるように見える？」

「分かんないねえ……、何か帽子みたいなものかな」

「違うわよ、あなたは〈マジョストリーナ（麦わら帽子）〉のことを思っているからよ。較べっこは止めるのよ、さもないとますますこんがらがってしまうもの。頭んなかに何にも余計な考えをもたないで、ちゃんと私と向かいあって見なくちゃ駄目よ。そうして、そのまんま、ぱっと直観で。何を意味してるかしら？」

「それじゃあね……、テントとかパビリヨンとか、そういったもの」

「そう見えるわけ？」

「何だろう？」

「ところが私は、とても大きなイチゴの種類を指す言葉なのよ。不公平だって思わない？」

「で、私は？」と、三番めが割りこんで来た。「私は、あなたどこに入れて下さる？　だって、あべこべのやり方をしたって構わないんでしょう？　さあ見て、私はマルテッロよ、これこそ本当の滅茶苦茶じゃなくって？」

「私にはまるでチンプンカンプンだがね」

「マルテッロが何だか、それはたぶん知っているわよね。でもねえ、金槌《マルテッロ》のことはどんな風にだって呼んでいいのよ、〈マルテッロ〉以外はね」

「へえ、それじゃあ、どう呼んだらいいんだろう？」

「分かりきってんじゃないの、〈トータノ（大ヤリイカ）〉よ。」

「君が何を言いたいのかは分かったけど、でもそんなことを、なぜ君が問題にするのかまるで分からないね。君はマルテッロなんだぜ、それでいて自分は〈トータノ〉と呼ばれなくちゃならないんだって思っているなら、ひどい勘違いをしているってことだな、だって、そうなったら君はまさに、トータノになっちゃって、もうマルテッロじゃなくなってるんだから。君は言葉でしかないんだからね、残念だけどね」

「あんた何にも分かっちゃいないのよ」と、そのトータノ自身が口をはさんで来た。「とっても簡単なことよ。私たち二人は自分たちの意味を取り替えっこすればいいのよ。そうしたら、少なくともこの問題はうまくいくわよ。そうじゃないこと、マルテッロ？」

「駄目、駄目、ぜんぜん駄目よ、可愛い子ちゃん」とマルテッロが絶叫した。「どうなるって思ってんの？　あんたにとってはうまくいくでしょうとも、それは勿論よ。でも、私は？　私があんな槍烏賊《カラマーロ》の仲間を言い表わすことになるんですって？　……真っぴらだわ！　大間違いよ、別《べっ》嬪《ぴん》さん。マルテッロが言い表わすことができるのは、何かの……そうよ、木の種類以外にはないわよ。つまり、植物性のものね」

「静かに」と、私が言った。「まったくそのとおりだね、女二人と家鴨《あひる》の仔一羽があればナポリじゃ市場ができたってのは」

「何が女二人なのよ。三人よ、女三人だわ、諺《ことわざ》が言ってるのは」

「ところがお前さんたち二人で三人分の騒動をひき起こしてるっていうわけさ。でもね、いいかね、君自身が、マルテッロ、君自身が言い出したんだよ、自分の名前はトータノがいい、いやそれどころか、トータノになりたいんだって」

「とんでもないわ、それともあんた、ほんとに耄碌《もうろく》しちゃったの？　私が言ったのはただ、金槌《マルテッロ》っていうものは大槍烏賊《トータノ》っていう名前で呼べばいいんだってことだけよ。これはまるで違うことじゃない」

「おい、助けてくれ、頭がクラクラする！　で、それで？」

「それだけだわ。私はもちろん、私の意味をトータノの意味と取り替えっこなんかできないわ、トータノのほうは私の意味を持ってったっていいんでしょうけどね。分かる？」

「いいや」

「要するに、私はお譲り致しますわよ、それにお譲りするのが当然ですものね、トータノに私の意味を。でも替りに彼女の意味をもらいたかないわ。ふるふる御免よ！　私は別の言葉の意味が欲しいの」

「例えば、誰の？」

「例えば、そうねえ……あれよ、見て、あの〈ベトゥッラ（樺・白樺）〉のよ」

「で、彼女は？」

「誰？　ベトゥッラ？　別の誰かから何か他の意味をもらうのよ、だって彼女のは彼女にあまり似合っていないもの。例えば、〈トラーヴェ（梁木）〉からもらうのね」

「何よ、何よ」と、当のトラーヴェがこれを聴きつけて金切り声をはりあげた。「あんた気が触れたの？　あんたは自分のことを考えてなさいよ、私のことは私が自分で考えますからね」と、これで言い争いになってしまう。

「私はイリーディオ（イリジウム）よ」と、またもう一つがもったいぶった様子で言い出した。「私が言い表わすことができるのは鑢《リーマ》しかなくってよ、これはもうはっきりしてるわ」

「で、私はあんたの意味を背負いこまなきゃなんないの？」と、リーマが言い返した。「私はね、あんたのやり方でいきゃあ、何か、こう、うんと柔らかいものを意味することしかできないわね。金属じゃなくって別のもの、おまけにひどく堅すぎるしね！　せめて〈グワンチャーレ（枕）〉か、〈クッシーノ（クッション）〉と意味を交換できればねえ……」

　その上、今ではもうみながいっせいに怒鳴ったり金切り声をあげたりしているのだった。その騒がしさはまるで耳のなかに針千本を突き刺されたというようなものだった。私はとうとう堪忍袋の緒を切らしてしまった。

「いったい全体、何てわけのわからないことをお前たちは考えついてしまったんだ、極道のお転婆たち！　見ているがいい、今いいことをしてやるからな、それでおあいこだ」

「何なの、何してくれるの？」と、今度は私をからかっている。

「ちょっと待ってろ！」

怒りにまかせて台所へ駈けこむと空《から》の壜を一本取り出し、また書斎からは鉛筆と紙を一枚、取って来て、私は洗面台へ戻って行った。

「今ここにお前たちの意味を残らず、ちゃんと書き留めておくからな、それからお前たちをみんなこの壜のなかに突っこんでしまうんだ、そして最後に今度はお前たちを一つずつ順番に出してやる。こうすればくじ引きのようなものだ。一番に出て来たものが一番に書いてある意味を持ってゆく、二番めのものが二番めの意味を、とそういう具合にするんだ。もらった意味が気に入ろうが気に入るまいが、それで我慢するんだ。さあ、始めるぞ」

彼らは協力しようとしたがらないで、妨害戦術に出て、何とか誤魔化そうとしたりしていたけれど、私は無理矢理に、一人ずつ自分が誰であるか申告させてやった。その上、彼らはつかまらないようにと四方八方、逃げまわっていたものだから、私はそれでも掌をお椀の蓋のようにして閉じこめては抑えつけ、ついでもう一方の手の親指と人差指でつまみあげ、ともかくも全員を壜づめにしてやることに成功したのだった。その中で彼らがきいきいと悲鳴をあげている様子ときたら、まるで鼠とりの中の二十日鼠とそっくりだった。で、みんな中へ入れてしまうと、今度は決めておいたとおり、一人ずつ順番に外へひっぱり出し始めた。そしてめいめい、私が言うとおり、自分に当たった意味で満足しなければならないのだった。彼らは次ぎから次ぎに出て来ては、また次ぎ次ぎにどこへとも知れず逃げ去ってゆき、私は彼らを見失ってしまうのだった。で、こうして一件は終った。

そう、そのとおりなのだけれど、今になってひどく困ったことがある。というのは、彼らはみな一人ずつ、それぞれ何かしらの意味を受け取って、それを自分のものにしたというわけだから。ここまではいい、でも彼らの誰がこれこれの意味を持っていっただろう？　これが問題なのだ。うまく説明できたかどうか自信はないが、お分かり頂けただろうか？　万事は友好裡に、つまり口約束で言葉の上で、行われたのだった。ところが、そのときの興奮にまぎれて、私はさまざまな意味の受け渡しや、またそのいろいろな付随事項を書き留めておこうと思いつかなかったのだ。私の手には何も残されていないし、証拠になる記録は何もない。要するに、そんな具合で、今では彼らがそれぞれ何を意味するのか知っているのは彼らのほうで、私ではないのだ。これはたまったものではない。

それに、私は少しばかり不安になって来ているのだ。そうともそのとおり、彼らが壜から出ると、どこへとも知れず逃げ去って行った、と私はちょっと言っておいたけれど、彼らは相変らずこの家の中にいて、いつかはまた、そうでしょう、私に襲いかかって来るんじゃなかろうかと……。

ただ一つだけ、満足していることはある。というのは、少なくとも私は、「言葉で口をすすぐ」（「人の悪口を言う」）という表現の意味がやっと分かったからだ。

（米川良夫訳）

Parole in agitazione

解説

1

トンマーゾ・ランドルフィ（一九〇八―七九）の作品は、今日まで我が国ではほんの数点しか訳されておらず、その名前はごく少数の限られた人々の間でしか知られていなかったと言って、まず差支えないと思われる。

もっとも、ランドルフィの存在は本国イタリアにおいてさえ、実を言えば、その文名の高さにもかかわらず、一種「神秘的《ミステリアス》」な雰囲気に包まれていて、批評家たちがこもごもに賞讃すればするだけ（後半生は、ほとんど著書が刊行されるたびに何らかの文学賞を受けていた）、かえってその人柄のみかその文学までもが「近づきがたい」もののような印象を生み出すといった結果を招くに至っていたと言えそうである。

事実、ランドルフィの文学は、作品は奇想天外な発想と展開に富み、文体は滑稽みと同時に悲愴さを湛えて、時には擬似科学的なパロディーの独創と卓抜さを示し、また大胆奔放な空想力はグロテスク・超現実からナン＝センス、時にはサディズムにまでも行き着くというほどであって、一見、文句なしに面白く読み終えることができそうに思われる（また、実際そのとおりの）ものでありながら、さて翻ってこれらの作品が意図するところ、あるいはこれらの作品を通じて作者が目指しているところを理解しようとすると、読者としては大いに途惑わざるを得ないはずである。

加えるに作者自身は、後には回想的な主題のエッセーのなかで謂わばたね明かしをすることになるのではあるが（『マリーア・ジュゼッパのほんとうの話』参照）、作品中には戯画的な自画像とも思われる人物をしばしば登場させ、また自伝的な素材やモチーフを秘かに忍びこませることさえもしながら――またある時期以後は、正真正銘の日記をそのまま「作品」（小説）として発表するに至りながら――、出版社に対しては彼自身の経歴を示す文章を著書に印刷することを禁じて、その部分（通常、表紙カバーの折込み部分）を「真っ白」のままに残すように要求していたと言われている。他方その生活は、郷里に父祖伝来の居館に引き籠って暮らすのでなければ、国内かヨーロッパの各地を旅してホテルに滞留し、しかもその多くの時間はカジノ（サン・レーモがお気に入りの都市だった）でルーレットと向き合って費されるということであった。

こうした逸話から容易に推し測られるのは、狷介で奇矯、そして孤独な人物像であり、また神話化されたこれらのエピソードがさらにその文学の評価にまでレッテルのように押しつけられると、それは単に風変りでおかしな文学というだけで終り、さらには、所詮「マイナー」なものとまで断定されかねない。しかも他方では、前述したとおり、名高い文学賞が相ついで贈られ、一流の批評家や詩人・作家たちが絶讃を惜しまないとなれば、悪く勘ぐれば「仲間誉め」とも受け取られるかもしれない。ランドルフィが契約していた出版社が老舗ながら、地味な営業方針を採り続けていたことも、不幸な事情であったと言うべきかもしれない。

(ランドルフィの文学をめぐるこのような状況に一石を投じる役割を果したのが、カルヴィーノの編纂と解説による浩瀚かつ懇切叮嚀な『ランドルフィ名作選』Le più belle pagine di Tommaso Landolfi (Rizzoli, 1982) の刊行であった。この書物は著者の生前、ヴァレッキ社に替って出版権を獲得したリッツォーリ社が、ランドルフィ文学と読者との「新たな出会い」を目指すために企画したものであったが、カルヴィーノはその長文の解説のなかで、ランドルフィ文学の特質を実にみごとに、さまざまな角度から説き明かしながら、なお「ほんとうのところ、ランドルフィは何を語っているのか」という点については、今後さらに究明されるべき問題として残されているとしている(カルヴィーノがとくに挙げているのは、言語的な研究の側面と、存在の「偶然」と「必然」の関係をめぐる哲学的研究の側面である)。

この『名作選』の反響は、国内はもちろんとして、さらに外国にも及んで、にわかにこの忘られていた異色作家への関心を高めたことが注目されよう。とくにペンギン・ブックスがカルヴィーノの解説を併せて訳載したランドルフィ作品集を刊行している（一九八六年）が、収録作品の数こそ格段に少ないとは言え、その分類と配列をカルヴィーノによる『名作選』のそれに倣ったものになっている。

本書もまた、こうしたランドルフィ文学再発見の気運に遅まきながら従ったものと言うことはできよう。実際、本書のような作品集を翻訳・出版してはどうかという話は、もう何年も前から国書刊行会の編集部から出されていた。ただ具体的に計画が進められるまでには、出版社と訳者の双方ともなお準備のための時間が必要であった。

2

ランドルフィは、現在はフロジノーネ県に帰属するピーコ（ピーコ・ファルネーゼとも呼ばれた）の町で生まれた。町と言っても、人口は数千という程度で、中部イタリアの田舎によく見られるように、小さな屹立する山頂に小ぢんまりと家々が密集して寄りそっているという所である。

ランドルフィが生まれた当時（そして彼が二十歳になるまで）、この町を含む地域はカゼルタ県に帰属していた。フロジノーネはローマを中心とするラツィオ州に、カゼルタはナポリを中心とするカンパーニア州に属する。そしてピーコの町は、県の中心都市フロジノーネに出るためには西へ約四十キロ、逆にカゼルタには優に百数十キロ東へ向かって行かなければならない。要するにピーコはいずれにしても辺境の町に過ぎないのではあるけれど、その歴史的・文化的な伝統はローマ教皇庁領のそれではなくて、ナポリ王国の伝統に属し、さらに遡上るならロンゴバルド族やノルマン人、そしてフリードリッヒ（イタリア風にはフェデリーコ）二世のドイツ人家臣団とも血族的につながると考えられる「伯爵」一族の強力な家門の支配する土地にあったわけである。かのトマス・アクィーナスもこの家門の出身と言われ、そしてピーコの町の巨大で陰鬱な館に住むランドルフィ家もこの一門に連らなっていた（ランドルフィは『ランドルフォ四世』という詩劇を書いて、自身のロンゴバルド的起源を示そうとした）。

ランドルフィはようやく二歳になろうという時、母親を失い、この時の記憶は傷手《トラウマ》となって心の深部に刻まれる。父親は（生涯再婚せず）、幼いトンマーゾの教育に心を砕きながらも、ダンディーな美術愛好家として国内・国外の各地を旅行してまわっていたから、子供は祖母とともにピーコの屋敷で、あるいはローマの叔母（父方）の家で二人の従姉に可愛がられながら、また時には父親に伴われて贅沢なホテルの部屋で、替る替る暮らしていたらしい。やがてローマの叔母の家に預けられて小学校（五歳から九歳――最後の五年級を飛び、中学か？）に通うようになってからも、毎年ピーコで長い期間を過ごしており、郷里と他の土地との二重生活はほとんど生涯の習慣となっていた。

しかしそれまで順調だった一家の生活も、中学三年への進級を目前にして、従姉の一人が突然病死するという事情も加わって、いくらか厄介な問題を生じ始める。折柄、第一次大戦の最中で、軍務についていた父親は息子をプラート（トスカーナ州）のチコニーニ王立寄宿学校へ入学させる。しかしそれまで女性的な環境で育てられてきた少年は、ダンヌンツィオも学んだこの名門校の寮生活に耐えられずに一年で退学し、ローマの中学校《ジンナージオ》に移り、ともかくも残りの三年間の課程を終えて、やはりローマの文科高等学校《リチェオ・クラッシコ》に進む。

この間も、ランドルフィの成績は必ずしも順調とは言えず、独学でスペイン語の勉強を始める一方で、授業でのギリシア語や数学などは落第をくり返すといった有様で、高校一年の課程は完全に落第を言い渡された。そのため年若い叔父が陸軍士官として赴任していたトリエステへ送られ、この国境の商港都市の高校で一年級をやり直すことになる。翌年は再びローマの高校に戻り、見違えるほどの成績で三年までを終え、修了試験も合格して、その年（一九二七年）の秋、ローマ大学文学部に籍を置いた。

しかし翌年、フィレンツェ大学に替る決意をし、これが作家ランドルフィ誕生のために決定的な影響をもたらすことになる。すなわち、当時この都市で刊行されていた雑誌「ソラリア」を中心に集まっていた、モンターレを初めとする若い詩人・作家たちと交際し、文学への自信を深めた。また、後にロシア文学の研究者としてハーヴァード大学の教授となるレナート・ポッジョーリと識り合い、彼の手ほどきでロシア語を学び、卒業論文にアンナ・アフマートヴァの詩を論じて、高い評価を与えられた（論文の審査には他大学から呼ばれた教授があたった）。

大学の正課の勉強にはあまり関心を向けず、むしろ図書館や下宿の部屋に閉じ籠ったまま自分の好みの読書と勉強に集中する方法は、高校の最終学年くらいから身につけたものらしいが、そのために日中あまり人に会うことがなく、また自分からは多くを話そうとしないため、友人たちにはこの当時から何かしら神秘的な印象を与えていたらしい。しかもその該博な知識に触れると、誰もが驚いたと伝えられている。またその一方、ランドルフィの賭博への情熱は、この頃から、フィレンツェの市中の賭場で呼び醒まされたものでもあった。

ランドルフィの最初の作品『マリーア・ジュゼッパ』は大学在学中の夏休みに書き上げられたものの一篇で、フィレンツェで刊行されていた小雑誌「文学の前夜祭」に発表された（一九三〇年三月）。ランドルフィはポッジョーリとともに、この雑誌の編集委員に名を連ねているが、雑誌が停刊となり、またランドルフィ自身も卒業論文の準備に入り、彼が再び創作にむかうのは数年後になる。卒業（一九三二年）直後はむしろドイツ語の熟練のためベルリンへ行ったり、またロシア文学の紹介と翻訳に精力が注がれ、次第にそれと併行して創作の努力が再開されてゆく。気まぐれとも見える、多面的な作家ランドルフィがこうして誕生するわけである。

3

ランドルフィの生涯についてこれ以上深く関わってゆく余裕はなさそうである。以下はなるべく簡略に（作品目録も割愛して）、目星《めぼ》しい点だけを記すことにする。

政治には無頓着であったため、熱狂的なファシズム支持者にも断固たる反ファシストにもならなかったけれど、体制の末期（一九四二年六月）、たまたま出版予定の原稿を持ってフィレンツェに滞在中、喫茶店で友人相手にしゃべった話をスパイに聴きとられ、居室で逮捕された。駈けつけた父親と従姉の尽力もあり、ムッソリーニ政権崩壊（七月二五日）後ようやく釈放されたが、後日の作品では、刑務所のなかで日々の思い煩《わずら》いから解放された「精神の自由」を神に感謝したと記している。

ドイツ軍がモンテ・カッシーノに拠って抵抗したため、ピーコは四三年から四四年にかけて数ヶ月間、戦線の真っただ中にあった。ランドルフィ父子は他の住民と同様、ドイツ軍の徴用を逃れるため町外の狩り場に避難して、夜更けまで森に身を隠していた。屋敷は砲撃によって重大な被害を蒙り、また司令部として利用したドイツ軍、ついで連合国軍の士官たちによって貴重な蔵書の何冊かが、また「何故だか知らないが」タキシードなどの礼服が、持ち去られて行ったと報告されている（なおモラヴィアもまた当時、同じ地方の山中に避難している。その体験をもとに書かれた小説『二人の女』の終り近くに『マリーア・ジュゼッパのほんとうの話』のエピソードを思い出させる事件の描写がある）。

ランドルフィの作品の多様性は、短篇の他に『月光石』La pietra lunare（1939）（邦訳『月ノ石』中山エツコ訳、河出書房新社）のような民話的・幻視的な小説や、『不幸な王子』Il principe infelice（1943）のような寓話的な物語を初めとして、さらに日記体の小説『女王癌』Cancroregina（1950）から『漁師／罪人のビール／棺桶』LA BIERE DU PECHEUR（1953）や『リアン・ヴァ』Rien va（1963）に至る日記＝小説、あるいはまた散文（夫妻による会話）の註釈を伴う『小詩集』Breve canzoniere（1971）から『死の菫』Viola di morte（1972）、『背信』Il tradimento（1977）に至る詩集や、すでに触れた史詩劇『ランドルフォ四世』Landolfo IV di Benevento（1959）、放送劇台本『カリオストロの生涯』Scene dalla vita di Cagliostro（1963）にまで及び、訳書（詩人マリオ・ルーツィとの共編『フランス抒情詩選』やホフマンスタール『薔薇の騎士』を含む）を加えるなら、その著書は優に四十点を算えよう。

すでに指摘されているとおり、ランドルフィに影響を与えているものは、バルベー・ドールヴィイやヴィリエ＝ド＝リラダン、あるいはポーやカフカ、さらにゴーゴリやドストエフスキイといったロシアの作家たちばかりではなく、ピランデッロやレオパルディ、ダンテの強い刻印さえ感じられる。また彼の作品に霊感を与えるものとして、裏返しにされた女性への憧憬を指摘することができよう。一九五〇年代に入って、初期のゴシック小説的な色合の強い作風から日記＝小説の内省的な作風への変化が指摘される時期に、やがて彼の妻となる娘のように年若い女性が登場するのは偶然の一致だろうか？　長女の誕生から二歳までの成長を見守りながら書かれた日記『リアン・ヴァ』の言葉のいくつかは、感動的と評してよい。

4

本訳書を編むにあたって、当然、前述したカルヴィーノによる『名作選』は参考にしなければならなかった。しかも同書の収録作品の範囲が非常に広いのに対して、本書では紙幅の関係もあり、また一九六八年以前の作品に限ったため、他に作品を求めることは事実上、不可能であった。本書がカルヴィーノの選集と異なる点は、作品の主題・性格による分類を行わず、発表順による配列を採用したこと、また一篇を除いて、原則としてエッセー（回想）的性格の作品を採らなかったことである。

以下、簡単に各収録作品について説明をしておく。

『マリーア・ジュゼッパ』（解説二六七ページ、および『マリーア・ジュゼッパのほんとうの話』を参照のこと）

『無限大体系対話』（初出「イタリア文芸」XI・9〔一九三五年四月一三日〕）――この作品の原題は通常『天文対話』と訳されているガリレイの書名によっている（学芸書林刊『現代世界文学の発見・12――おかしな世界』〔一九七〇年〕所収の稲田武彦訳は「大いなる調和についての対話」としている）

『手』（一九三五年六月一八日執筆）

＊以上三篇は『無限大体系対話』Dialogo dei massimi sistemi（Firenze, Fratelli Parenti Editiori, 1937）から採録した。

『狼男のおはなし』（初出「カンポ・ディ・マルテ」II・9〔一九三九年五月一―一五日〕）

＊右の一篇は『ゴキブリの海その他の物語』Il mar delle blatte e altre storie（Roma, Edizioni della Cometa [1939]; Firenze, Vallecchi, 1942）から採録した（この作品集以後、一九七二年までランドルフィの全著作はヴァレッキ社の刊行となるので、刊行地・社名は以後省略）――なお標題作『ゴキブリの海』は竹山博英訳により『現代イタリア幻想短篇集』（国書刊行会・一九八四年）に収録されている（今回のUブックス版に追加収録。二七四頁の編集付記参照）。

『剣』（初出「プロスペッティーヴェ」IV・3〔一九四〇年三月一〇日〕）

『カフカの父親』（初出「コッレンテ」III・1〔一九四〇年一月一五日〕）

『泥棒』（初出「イル・メッサッジェーロ」紙一九四〇年一月二五日）

『「通俗歌唱法教本」より』（初出「ドムス」一六五号〔一九四一年九月〕）

＊以上四篇は作品集『剣』La spada（1942）から採録した。

『ゴーゴリの妻』（初出「チッター」Ⅰ・5〔一九四四年一二月一四日〕）――この作品も稲田武彦訳のものが前記『現代世界文学の発見・12』に収録されている。

『幽霊』（初出『泥棒と幽霊』Il ladro e le ombreとして「イル・モンド」Ⅲ・48〔一九五一年一二月一日〕および同誌49〔同月八日〕に連載して発表）――訳文は白水社刊『現代イタリア短編選集』（一九七二年）に収録したもの。字遣いといくつかの箇所で訳語等の表現を改めた他、訳文に重要な異同はない。

『マリーア・ジュゼッパのほんとうの話』（自筆草稿は一九五二年一月から五月にかけて「イル・モンド」誌に発表された数篇を含む一連の作品草稿のなかに含まれており、執筆の時期は特定されていない）

＊以上三篇は作品集『幽霊』Ombre（1954）から採録した（この作品集は前半を「短篇racconti」、後半を「論文」articoliとそれぞれ章題をたてた二部に分けられており、訳出した最後の作品のみが後半に属している）。

『ころころ』（初出「イル・モンド」ⅩⅣ・26〔一九六二年六月二六日〕）

＊『不可能な物語』Racconti impossibili（1966）から採録した。

『日蝕』（初出「コッリエーレ・デッラ・セーラ」紙一九六三年三月二日）

『キス』（初出「コッリエーレ・デッラ・セーラ」紙一九六四年五月一四日）
『騒ぎ立てる言葉たち』（初出「コッリエーレ・デッラ・セーラ」紙一九六三年一一月一八日）――この作品のみ発表順にとらわれず、あえて本選集の末尾に置いた。
＊以上三篇は作品集『一かごの蝸牛』Un paniere di chiocciole（1968）から採録した。

以上の作品は柱本元彦・和田忠彦・米川良夫の三名が、それぞれ担当を定めて翻訳にあたり、訳文の全体に文体上の統一を図ることはあえてしなかった。ランドルフィのようなすぐれた、したがって難物でもある文体家の作品を、謂わば三世代の訳者がどのような日本語に仕立てて読者にお目にかけることができるか、生意気ながらささやかな競演（饗＝狂宴？）のつもりでもある（というよりも、怠け心により年長者の責任を避けたと白状するべきか？）。

またこの解説を書くにあたってランドルフィの経歴と、収録作品の初出等に関する書誌的な事項については、イドリーナ・ランドルフィ（作家の遺児）の監修による『全作品集』Opere I: 1937–1959（Milano, Rizzoli, 1991）, II: 1960–1971（Ibid., 1992）所収の年譜と各巻末の編註を参照した。翻訳の底本としても、右『全作品集』によるテキストを原則的に使用し、必要に応じて他の版のものを利用したことを併せて記しておく。

＊

最後になったが、この訳書の実現のために種々心を砕き、また例によって進行の遅い訳者たちの作業を辛抱つよく見守り、励まして下さった国書刊行会編集部の藤原義也さんに、訳者一同の心からの謝意を申し述べたい。

米川良夫

本書はトンマーゾ・ランドルフィ『カフカの父親』（米川良夫・和田忠彦・柱本元彦訳、国書刊行会、一九九六）の再刊です。なお、今回の白水Uブックス版では短篇「ゴキブリの海」（初出「レッテラトゥーラ」Ⅱ・1〔一九三八年一月〕／竹山博英訳。『現代イタリア幻想短篇集』、国書刊行会、一九八四、所収）を追加収録しました。『カフカの父親』解説に記された「発表順による配列」に従い、該当する箇所に配置しています。

——編集部

著者紹介
トンマーゾ・ランドルフィ　Tommaso Landolfi
1908年、イタリア中部の町ピーコの名門一族に生まれる。フィレンツェ大学でロシア語・文学を学び、同市の詩人・作家と交流。短篇集『無限大体系対話』(1937)、『ゴキブリの海その他の物語』(39)、『剣』(42)、『幽霊』(54)、『不可能な物語』(66)、『ア・カーゾ』(75。ストレーガ賞受賞)、長篇『月ノ石』(39。邦訳河出書房新社)、『秋の物語』(47) 等の他、詩集やゴーゴリ、プーシキン、ドストエフスキー、ホフマンスタールの翻訳もある。1979年死去。

訳者略歴
米川良夫(よねかわ・りょうふ)
1931年生まれ。早稲田大学卒業。國學院大學名誉教授。2006年没。訳書にイタロ・カルヴィーノ『不在の騎士』『木のぼり男爵』(白水社)、『見えない都市』(河出文庫) 他。
竹山博英(たけやま・ひろひで)
1948年生まれ。東京外国語大学大学院言語科学研究科博士課程前期課程修了。立命館大学名誉教授。訳書にプリーモ・レーヴィ『これが人間か』(朝日新聞出版)、『周期律』(工作舎)、カルロ・ギンズブルグ『ベナンダンティ』(せりか書房) 他。
和田忠彦(わだ・ただひこ)
1952年生まれ。京都大学大学院文学研究科博士後期課程単位取得退学。東京外国語大学名誉教授。訳書にイタロ・カルヴィーノ『魔法の庭・空を見上げる部族 他十四篇』(岩波文庫)、ウンベルト・エーコ『女王ロアーナ、神秘の炎』(岩波書店)、アントニオ・タブッキ『イザベルに』(河出書房新社) 他。
柱本元彦(はしらもと・もとひこ)
1961年生まれ。京都大学大学院文学研究科博士後期課程単位取得退学。翻訳家、大学非常勤講師。訳書にジュゼッペ・トルナトーレ『鑑定士と顔のない依頼人』(人文書院)、ラウラ・レプリ『書物の夢、印刷の旅』(青土社) 他。

編集＝藤原編集室

本書は1996年に国書刊行会より刊行された。

白水uブックス　220

カフカの父親

著　者　トンマーゾ・ランドルフィ
訳者©　米川良夫・竹山博英
和田忠彦・柱本元彦
発行者　及川直志
発行所　株式会社 白水社
東京都千代田区神田小川町3-24
振替　00190-5-33228　〒101-0052
電話（03）3291-7811（営業部）
（03）3291-7821（編集部）
www.hakusuisha.co.jp

2018年10月30日　印刷
2018年11月20日　発行
本文印刷　株式会社精興社
表紙印刷　クリエイティブ弥那
製　　本　加瀬製本
Printed in Japan

ISBN978-4-560-07220-2

乱丁・落丁本は送料小社負担にてお取り替えいたします。